FÁTIMA MOURA

MINHA ESCOLHA É VIVER

Uma história sobre o uso das drogas e suas consequências

EDITORA EME

Solicite nosso catálogo completo, com mais de 350 títulos, onde você encontra as melhores opções do bom livro espírita: literatura infantojuvenil, contos, obras biográficas e de autoajuda, mensagens espirituais, romances, estudos doutrinários, obras básicas de Allan Kardec, e mais os esclarecedores cursos e estudos para aplicação no centro espírita - iniciação, mediunidade, reuniões mediúnicas, oratória, desobsessão, fluidos e passes.

E caso não encontre os nossos livros na livraria de sua preferência, solicite o endereço de nosso distribuidor mais próximo de você.

Edição e distribuição

EDITORA EME
Caixa Postal 1820 - CEP 13360-000 - Capivari-SP
Telefones: (19) 3491-7000 | 3491-5449
Vivo (19) 99983-2575 | Claro (19) 99317-2800 | Tim (19) 98335-4094
vendas@editoraeme.com.br - www.editoraeme.com.br

FÁTIMA MOURA

MINHA ESCOLHA É VIVER

Uma história sobre o uso das drogas e suas consequências

Capivari-SP
– 2017 –

Os direitos autorais desta obra foram cedidos pela autora para a Editora EME, o que propicia a venda dos livros com preços mais acessíveis e a manutenção de campanhas com preços especiais a Clubes do Livro de todo o Brasil.

A Editora EME mantém o Centro Espírita "Mensagem de Esperança" e patrocina, junto com a Prefeitura Municipal e outras empresas, a Central de Educação e Atendimento da Criança (Casa da Criança), em Capivari-SP.

1ª reimpressão - agosto/2017 - de 3.001 a 4.000 exemplares

CAPA | André Stenico
DIAGRAMAÇÃO | André Stenico e Marco Melo
PREPARAÇÃO DE TEXTO | Matheus Rodrigues de Camargo
REVISÃO | EME

FICHA CATALOGRÁFICA

Moura, Fátima, 1956-
Minha escolha é viver / Fátima Moura - 1ª reimp. ago. 2017 - Capivari, SP : Editora EME.
192 p.

1ª ed. set. 2013
ISBN 978-85-66805-14-7

1. Romance espírita. 2. Dependência química de drogas

CDD 362

Se és pai ou mãe não penses que o teu lar estará poupado. Observa o comportamento dos filhos, mantém-te atento, cuida deles antes da ingerência e do comprometimento nos embalos dos estupefacientes e alucinógenos, em cuja oportunidade podes auxiliá-los e preservá-los.

Se, porém, te surpreenderes com o drama que se adentrou em teu lar, não fujas dele, procurando ignorá-lo em conivência de ingenuidade, nem te rebeles, assumindo atitude hostil. Conversa, esclarece, orienta e assiste os que se hajam tornado vítimas, procurando os recursos competentes da medicina e da doutrina espírita, a fim de conseguires a reeducação da felicidade daqueles que a lei Divina te confiou para a tua e a ventura deles.

JOANNA DE ÂNGELIS. *Após a tempestade.*
Editora Leal. Psicografia de Divaldo Pereira Franco.

A noite é passada, e o dia é chegado. Rejeitemos, pois, as obras das trevas, e vistamo-nos das armas da luz.

APÓSTOLO PAULO

Sumário

Prefácio

Escrever para jovens, em uma linguagem atraente, fazendo o leitor sentir-se como se estivesse participando de uma aventura através do mundo das palavras, é uma especialidade de Fátima Moura, escritora que tem o dom de discorrer suavemente sobre os temas nos quais se debruça, mesmo que sejam sérios e complexos como drogas ou aids.

É como se Fátima mergulhasse no seu próprio mundo juvenil, de onde consegue extrair os elementos que utiliza recriando a atmosfera descontraída do universo adolescente e, assim, produzir uma obra que fala de igual para igual, de jovem para jovem, onde as mensagens, tanto as de caráter informativo como formativo, são transmitidas sem que o leitor se sinta como se estivesse com um livro didático nas mãos.

Ela sempre traz uma história gostosa de se ler, que nos prende e nos faz viajar nos sentimentos e emoções que os personagens nos transmitem. Aqui, é contando a história de Moisés e Maurício, que ela aborda o tema das drogas, sem cair nos mitos e preconceitos que permeiam esse assunto.

Sem dúvida, um grande desafio que a autora teve de enfrentar, para oferecer ao jovem leitor elementos de reflexão e orientação que pudessem ajudá-lo a se posicionar em relação ao uso e abuso de substâncias psicoativas, sem pressioná-lo a examinar a questão através do olhar de um adulto "careta".

O jovem vive um momento de transição: já não é mais uma criança, porém, ainda não é um adulto. A sociedade atual, por sua vez, que parece estar também vivendo sua adolescência, não consegue, nesse período de indefinições que atravessa, transmitir a segurança e a direção que o jovem precisa para auxiliá-lo a se tornar um adulto responsável, senhor de sua vida, do seu mundo.

Nesse contexto, destaca-se a presença da droga, disseminada nos quatro cantos do planeta, tanto no campo, como nas cidades, atingindo pobres e ricos, jovens, velhos e até mesmo crianças. Qual lobo protegido com capa de cordeiro, ela está bem ali, à mão, especialmente nos lugares que os jovens costumam frequentar: nas escolas, nas esquinas, nos bares, nas festas, nos bailes...

Daí a importância desse trabalho, não só para os jovens, mas também para pais, educadores e todos os que estão comprometidos com a transformação da sociedade, porque nele podem encontrar as informações básicas de que necessitam para um primeiro e esclarecedor contato com a questão das drogas.

De nossa parte, que lidamos com essa problemática através do Pró-vida[1], um trabalho de caráter preventivo que procura dar suporte emocional, afetivo, espiritual e social a crianças e adolescentes que convivem em seus lares com usuários de álcool e/ou outras drogas, temos certeza de que este livro será de grande valia, não somente para os jovens e pais que se dispuserem a lê-lo, mas também como texto de base, instigador de debates, dramatizações, dinâmicas e outras atividades, através das quais o complexo universo das drogas pode ser analisado, sem fantasias, preconceitos ou traumas.

Helena Saldanha de Azevedo Santos
Psicóloga - Coordenadora do Pró-vida
Rio de Janeiro, 26 de maio de 2000

---

1 O Pró-vida é um programa desenvolvido através do SAUD – Serviço de Acolhida ao Usuário de Drogas e seus familiares, na Casa do Caminho, à rua Tácito Esmeriz, 272 – Bento Ribeiro – Rio de Janeiro.

Prólogo

Pingos grossos de chuva batiam na vidraça da janela do terceiro andar, de onde se podia enxergar toda a avenida, fonte principal do fluxo de veículos daquele bairro.

Maurício, de olhos fixos no mar, relembrou os tempos felizes em que ele, os pais e o irmão mais velho costumavam passear pela praia entre risos e brincadeiras.

Desde criança, Maurício amava o mar. Gostava de senti-lo junto a si, molhando-lhe os pés pequeninos. Gostava também de caminhar pela praia, recolhendo em suas mãos conchinhas das mais variadas cores e formas, que ele e Moisés colecionavam, para que, ao chegarem em casa, escondidos em seu quarto e usando tesoura, papelão e muita cola, criassem bonitos objetos com os quais presenteavam a mãe, dona Lourdes que, ao receber os presentes, abraçava-os emocionada, dizendo:

– Que lindo, meus filhos! Só mesmo de duas cabecinhas tão criativas e sensíveis quanto a de vocês poderiam sair presentes tão bonitos!

Dizendo isso, dona Lourdes disfarçava as lágrimas, tentando sorrir do carinho que os filhos demonstravam a ela e que tornava a sua vida cheia de alegrias.

Moisés e Maurício eram muito especiais. Filhos unidos e amigos, tornaram-se excelentes companheiros, o que era facilitado pela pouca diferença de idade entre os dois, que era somente de dois anos. Moisés tinha dezessete anos, e Maurício, quinze.

A família tinha uma situação financeira relativamentente estável; lutavam com algumas dificuldades, apesar de o doutor Geraldo ser um conceituado médico daquele bairro. Moravam em uma casa simples, mas espaçosa, no bairro do Flamengo, Rio de Janeiro.

Doutor Geraldo era um homem muito caridoso, apesar de não partilhar de nenhum culto religioso. Fazia parte de sua natureza ajudar as pessoas que vinham procurá-lo, inclusive as pessoas de condição mais humilde e que ele sabia não terem dinheiro para pagar a consulta nem os remédios que ele lhes receitava.

O médico, constantemente, emocionava-se com as diversas situações de dificuldade apresentadas por seus pacientes. Apesar de preferir tratar mais das "coisas dos homens" do que das "coisas de Deus", como ele mesmo fazia questão de ressaltar, quando questionado por seus amigos sobre as suas crenças religiosas, era um homem íntegro em seu compromisso com a medicina e com o seu próximo.

Doutor Geraldo era um homem bom e, junto com a esposa Lourdes, procurava fazer o melhor que podia para minorar o sofrimento alheio e para ser um chefe de família exemplar.

"Enfim! Éramos uma família feliz!", pensou Maurício, emocionado, enquanto lágrimas quentes escorriam de seus olhos tristes. "Por que será que tudo teve que acontecer assim?"...

1. O INÍCIO DE TUDO

– Moisés, acorda! Olha só o que eu ganhei de presente do Renato, lá na escola!

Moisés, virando-se na cama, esboçou um sorriso débil ao irmão Maurício, que, sacudindo-o pelos ombros, tentava de todas as formas despertá-lo.

Maurício insistiu, ansioso:

– Acorda logo, Moisés. Você não quer ver o meu presente? Anda...

Moisés pulou da cama e, esfregando os olhos sonolentos ainda, deparou-se com Maurício segurando um lindo modelo de avião monomotor, em miniatura, que exibia orgulhoso e com um sorriso brilhante.

Moisés fitou o irmão com espanto e retrucou:

- Por que o Renato te deu esse presente? Além do mais nem é seu aniversário!

Maurício, agitado, exibiu uma expressão diferente no rosto:

- Eu é que não estou entendendo o porquê de tanto espanto. E lá precisa ser aniversário de alguém para ganhar presente?

Moisés desarmou-se; abraçou o irmão, desculpando-se.

- Não é nada disso, Maurício...

Tomando-lhe o presente das mãos, examinou-o com calma:

- É que esse aviãozinho deve ter custado muito dinheiro...

Maurício apressou-se em responder:

- Ah, com certeza! Os pais do Renato são muito ricos, muito mais do que você possa imaginar. Renato tem tudo o que quer...

Moisés demonstrou preocupação quando falou:

- É isso mesmo o que me preocupa! Quando a gente tem tudo o que quer...

Maurício gargalhou ruidosamente, observando-o melhor. O irmão era tão sério para a idade, tão maduro, fato este que causava gozações até entre os colegas. Por isso, respondeu sorrindo:

- Deixa de ser bobo, Moisés. A gente não ter grana, tudo bem, mas daí a ficar invejando a grana dos outros...

Moisés voltou a encarar o irmão. Maurício às vezes era tão ingênuo, tão frágil... Um sentimento de ternura envolveu Moisés.

Ele amava o irmão e por isso desejou ardentemente que nada de mau acontecesse a ele. O sentimento era tão forte que lhe vieram lágrimas nos olhos. Ele enxugou-as, disfarçadamente.

- Eu me preocupo com você, dá licença? Você é o meu irmão mais novo, não sabe nada da vida, um bobão, um criançola...

Maurício, ofendido e com ar de zanga, investiu contra Moisés, jogando-se em cima dele, e rolaram os dois na cama.

- Ah, é assim, grande sabichão? Você pensa que sabe tudo, não é seu... seu...

Moisés foi mais rápido e, desvencilhando-se do abraço do irmão, teve todo o cuidado para não machucá-lo. Apesar da irritação de Maurício, sabia que a zanga era passageira. Afastou-o, segurando firme e olhando-o nos olhos.

- Calma, eu não quis irritá-lo. Que coisa! Cresce e aparece!

E, vendo que Maurício o encarava de olhos bem abertos, continuou:

- O que é que você está querendo provar para mim ou para você mesmo? O quê?

Maurício se desarmou. Moisés tinha razão. Todas as vezes que alguém fazia alusão ao seu desconhecimento da vida e das pessoas, ou à sua idade, chamando-o de criança, ele ficava daquele jeito. Isso sim era pura criancice!

Maurício resolveu relaxar e, sorrindo, largou Moisés, desanuviando o rosto.

– Mas você ficou com medo, não é? Confesse! Ficou com medo!

Moisés também sorriu e, vendo que as coisas estavam voltando ao normal, complementou com voz ingênua:

– Eu vou ficar com medo é da mamãe, quando ela entrar aqui no quarto e achar toda essa bagunça!

Maurício, dando um salto, colocou-se à frente de Moisés e lhe rendeu continências.

– Não se preocupe! É pra já, capitão. A gente arruma tudo isso num instante!

A um aceno de Moisés, os dois rapidamente ajeitaram a colcha, os travesseiros e os objetos que estavam caídos pelo chão, deixando tudo em ordem, novamente.

– Pronto, disse Maurício, ofegante. As ordens foram cumpridas. Dona Lourdes já está liberada para entrar no nosso "refúgio secreto".

Moisés assentiu novamente, sentindo-se mais calmo.

– Você é um gaiato, Maurício – disse levantando-se e dirigindo-se até o banheiro. Maurício seguiu-o.

Os dois, desde pequenos, dividiam o mesmo quarto, que era uma suíte ampla, espaçosa, com uma varanda cheia de plantas ornamentais que dona Lourdes cuidava com todo carinho. A decoração era bem interessante. De um lado, os pôsteres de jogadores e artistas famosos de Maurício contrastavam com a seriedade da estante cheia de livros e de objetos de pesquisa de Moisés.

Enquanto Moisés lavava o rosto, Maurício adiantou-se e entrou no chuveiro cantarolando. Depois, colocando água nas mãos em concha, jogou-as no irmão, dizendo:

- E aí, o que é que nós vamos fazer hoje, bonitão?

Moisés resolveu provocá-lo.

- Bem, apesar de hoje ser sábado, eu preferia fazer a coisa mais importante para mim, que é ir à escola.

Maurício dançou na frente do chuveiro, fazendo uma careta.

Moisés também fez cara engraçada.

- Você tem uma ideia melhor, tem?

Maurício limpou o sabão do rosto com a borda da toalha.

- Bem, a gente podia ir à casa do Renato!

Moisés estranhou o convite.

- E o que é que nós vamos fazer lá?

Maurício fechou o chuveiro e pegou a toalha, enquanto Moisés se despia e entrava no banho.

- Bem, acho que seria legal eu ir agradecer o presente, e além disso quero levar você para conhecer a casa dele.

Moisés não pôde esconder a curiosidade.

- É verdade que eles são muito ricos?

O barulho da água não deixou que Maurício ouvisse a pergunta.

- O quê? O que foi que você disse?

Moisés fechou o chuveiro e surgiu na porta do boxe.

- Eu perguntei se eles são muito ricos?

Maurício respondeu com voz atropelada.

- Você precisa ver, Moisés. A casa é enorme, pega todo o quarteirão, empregados por todo o lado. Tem uma área toda arborizada, quadra de esportes e uma piscina linda, maior que a piscina do clube. O quarto dele é maravilhoso. Tem vários computadores, uma televisão enorme, dessas que parecem tela de cinema, uma miniacademia de ginástica e até uma guitarra vermelha, linda, que ele prometeu me ensinar a tocar. O Renato é muito feliz!

Moisés surpreendeu-se com a declaração. Fitando o irmão, deixou que a mente divagasse.

- Será mesmo, Maurício? Será mesmo que o Renato é feliz lá naquela casa?

Maurício baqueou. Fizera uma declaração infantil. Mas, também, o que será que ele entendia de felicidade? Divagou com olhos perdidos.

- É, talvez você tenha razão. Ele me disse que, apesar de todo esse luxo em que vive, os pais dele vivem brigando...

Animado pelo interesse de Moisés, continuou:

- Eles nem ligam para ele e para a Isabelle, a irmãzinha dele, que tem oito anos de idade e que mora com os avós nos Estados Unidos. O Renato, desde pequeno, foi praticamente criado pelos empregados. Um dia ele até me falou, e eu fiquei com tanta pena dele, que na maioria das vezes se sente muito sozinho.

Com tristeza, Maurício concluiu:

– Pensando bem, acho que ele não é lá muito feliz, não!

Moisés ensaiou um sorriso triste.

– Eu não sei, Maurício, mas creio que às vezes todo esse luxo em que o Renato vive não compensa a falta de carinho, de afeto e de atenção. Uma família que se ame, que se respeite e que esteja sempre unida faz muita falta, meu irmão, muita falta. E isso nenhum dinheiro do mundo pode comprar.

– Mas também existem famílias pobres que não se preocupam com os filhos – disse Maurício. – Mães de situação humilde, muitas vezes, até doam seus filhos ou os deixam largados, transformando-os em meninos perdidos e marginalizados, entregues à violência das ruas, aumentando ainda mais esse grave problema social.

– É, é verdade...

– Pais pobres, pais ricos, famílias desestruturadas.

Comovido, Maurício agradeceu a Deus pela sua família, pela sua felicidade, interrompendo o irmão com olhos brilhantes.

– Moisés, você já pensou se nós não tivéssemos uma família que nos amasse, que...

Moisés retrucou rapidamente:

– Mas felizmente não é assim. Temos pais maravilhosos que nos amam muito, que se interessam por nós e que fazem tudo para nos fazer felizes.

Maurício fechou os olhos, pensativo. Aquele assunto o levou a grandes reflexões. Desde que conhecera Renato, havia invejado sua felicidade. No entanto, Renato podia ser tudo, menos feliz. Pobre Renato!

Moisés libertou-o de seus pensamentos:

- Ei, vamos lá, garotão! Se você quer sair, não podemos perder tempo.

Maurício sorriu pensativo.

- Está bem, vamos lá. Vamos tomar café e avisar a mamãe que nós vamos à casa do Renato.

2. Na casa de Renato

Renato morava em uma casa enorme, numa rua limpa e arborizada, algumas quadras depois da vila onde Maurício e Moisés moravam.

Os dois irmãos caminhavam em silêncio, devagar. A casa ficava em uma ladeira e os dois, ofegantes e suados, pararam várias vezes a fim de admirar a vista.

Moisés inspirou profundamente. Era bom aquele cheirinho de mato, de natureza. Empolgado, comentou:

– Adoro esse aroma, me faz bem, e é uma delícia!

Maurício apressou-se em responder, com um tom brincalhão:

– Eu também acho! É maravilhoso! A gente viaja, fica "ligadão", sabe como é?

Moisés deu uma enorme gargalhada que ecoou na rua vazia.

- Você é louco, cara. Totalmente louco!

Maurício continuou a sorrir. Era sempre assim. O seu jeito de menino brincalhão contrastava com a seriedade e a rigidez do irmão Moisés. Era tão gritante, que todos viviam comentando essa diferença.

Chegaram. A casa era imensa e se insinuava sobre um jardim gramado e bem cuidado.

Maurício falava o tempo todo.

- Você vai ver o quarto dele, Moisés. Tem todas as coisas que a gente sempre quis ter, jogos, vídeo games, computadores e até uma gui...

- Já sei, já sei! Até uma guitarra que o Renato vai lhe ensinar a tocar.

Maurício, com olhar perdido, comentou, observando a casa à sua volta.

- Quem não gostaria de morar aqui, de estar no lugar dele?

Moisés encarou-o com olhar de censura.

Maurício reagiu, alterando a voz:

- Tá legal, esquece! A gente já conversou sobre isso, mas não fique me olhando com esse ar de sabe-tudo. Eu sei de todas as coisas que você me falou, que está cansado de me falar, mas é uma coisa lógica, entende? Todo mundo quer conforto, viver bem, e isso só se consegue com dinheiro, cara, com muita grana!

Moisés tinha a voz embargada quando se dirigiu ao irmão:

- Eu não gosto quando você fala desse jeito, Maurício. Papai e mamãe fazem o possível e o impossível para cuidar bem da gente. Se não nos dão mais, é porque realmente não podem, por causa das dificuldades financeiras que enfrentamos.

E segurando o irmão bem forte pelos ombros, continuou:

- O que é que você quer mais? Temos uma casa, simples eu sei, mas espaçosa e confortável, temos pais que nos amam, amigos, uma boa alimentação e até estudamos em um dos colégios mais conceituados do Rio de Janeiro.

Maurício deixou extravasar imensa mágoa na voz:

- É, mas apesar de estudar em um dos colégios mais caros do Rio de Janeiro, todos sabem que não temos dinheiro, que estudamos lá de favor.

Moisés surpreendeu-se com as colocações do irmão. Nunca antes havia visto Maurício tão revoltado daquele jeito.

Por isso, suas palavras foram fortes e incisivas.

- Lá vem você com as suas criancices de novo. Você está reclamando de quê? É muita sorte nossa o meu padrinho Antônio ser o diretor do colégio e nos deixar estudar lá sem pagar, graças aos favores que deve ao papai. Ele é um homem bom e está preocupado com o nosso futuro, com a nossa educação.

Maurício baixou os olhos envergonhado.

- Eu sei, Moisés, eu sei, mas eu preciso confessar uma coisa. Conviver com as coisas que eu não posso ter me causa um sentimento de grande frustração.

E levantando os olhos para o irmão, continuou:

- Eu não posso lutar contra isso, Moisés, não posso. É mais forte do que eu...

Moisés tinha o olhar de alguém bem mais velho, quando falou:

- Sabe, meu irmão, uma vez eu li um livro que falava exatamente sobre isso.

Seus olhos divagaram, buscando algo em sua mente.

- Deixe ver se me lembro... O título eu não recordo direito, mas existia um capítulo que falava sobre o valor das pequenas coisas conquistadas e daquelas pelas quais lutamos uma vida inteira para conquistar. Acho que é aí que está o grande aprendizado, entende? Procurar ser feliz com aquilo que temos, até conseguirmos conquistar as que procuramos tão insistentemente e que, muitas vezes, podem não nos trazer a felicidade almejada. É simples? Talvez não, mas vale a pena a tentativa...

Maurício bateu palmas, reverenciando o irmão.

- Muito bem, muito bonita a sua teoria, mas na prática, será que funciona?

Moisés retomou a palavra.

- Você é um materialista de primeira. Funciona, tem que funcionar. Quem não gostaria de viver uma vida confortável, de ter dinheiro à vontade, mas, se não temos, porque não podemos, então aceitemos e aguardemos!

Maurício sorriu da brincadeira.

- Nossa! A gente já está aqui conversando há um tempão! - e empurrando o irmão em direção à porta, continuou: - Vamos lá! Aperta logo essa campainha com essas suas mãozinhas delicadas, grande missionário do bairro do Flamengo, anda...

- Tá legal, tá legal, senhor materialista... Olha só a classe...

O som estridente da campainha cortou o ar. Dois dobermans imensos, com cara de poucos amigos, vieram rosnar no portão.

- Calma, amiguinho, fica frio, somos amigos - falou Maurício afastando-se das grades rapidamente.

Moisés também ficou assustado com o olhar vermelho e frio dos cães. Por que será que tantas famílias instigavam essa índole assassina em seus cães, para guardar suas casas? Será que eles não sabiam do perigo que tudo isso representava?

Passados alguns minutos, um rapaz de aparência fria e polida veio abrir o portão.

- Pois não, o que desejam?

Maurício adiantou-se na explicação.

- Nós viemos falar com o Renato. Ele está? Somos amigos lá da escola.

O empregado respondeu, sem sorrir:

- Está sim, podem entrar! Eu vou na frente para avisar ao senhor Renato.

Dizendo isso, chamou os cães, que rosnavam insistentemente para perto dele, prendendo-os em uma coleira, forte o suficiente para contê-los.

- Me acompanhem, por favor!

Os dois irmãos entraram na casa. Passaram por um imenso jardim, que desembocava em uma varanda espaçosa e arejada. Ao fundo, uma escada de ferro em formato ovalado, levava até o quarto de Renato, que era no segundo andar.

Renato, deitado na cama, ouvia alguns CD's que se espalhavam pelo chão. Sorriu ao ver Maurício, mas se intimidou com a presença de Moisés.

- Oi, que surpresa! Entre aí, vá entrando...

- Renato - disse Maurício -, esse é o meu irmão Moisés.

Renato, sem levantar-se, estendeu as mãos ao rapaz, tentando parecer cordial.

- Claro! Eu o conheço lá da escola. E aí, tudo bem?

Moisés sorriu sem jeito e estendeu a mão ao amigo do irmão, apesar de também haver percebido que a sua presença não o agradara.

Renato e Maurício começaram a conversar. Moisés, deixado um pouco de lado, pôde observar melhor o rapaz ruivo e de cabelos encaracolados que estava à sua frente.

Renato era um jovem bonito, alto, forte, com um sorriso de dentes perfeitos, mas o semblante era triste, acabrunhado. Os olhos azuis não tinham brilho, pareciam diferentes, opacos, sem vida. Aparentava também mais idade do que os seus dezesseis anos. Observando-o melhor, em seus trejeitos e maneiras e no jeito pausado com que falava, Moisés achou que tivera mesmo razão no que afirmara anteriormente: Renato não era tão feliz quanto o irmão achava que era!

Parecia que era movido por uma grande tristeza, uma mágoa, Moisés não sabia definir direito... E os olhos de Renato traziam um sofrimento profundo, um imenso vazio...

Maurício, empolgado, pediu a Renato que mostrasse a eles os novos *softwares* instalados em seu computador, programas esses que os pais traziam em suas constantes viagens, mas o que mais impressionou Maurício foi uma arma de que Renato se gabava entre os colegas da escola.

Renato, com cuidado, abriu a gaveta da cômoda. A pistola brilhou em suas mãos.

Moisés, assustado, advertiu-o.

- Cuidado com isso, rapaz! Armas não deveriam andar assim à solta...

Renato sorriu e exibiu-se, rolando o bojo da arma, que fez um barulho seco.

- Não tem perigo! Essa pistola só é usada quando vamos ao sítio e, além do mais, está descarregada.

Maurício, quieto e que também observava a expressão do rosto de Renato, assustou-se com a exibição da arma. Eles foram educados longe de qualquer violência. Doutor

Geraldo era um homem pacato e ensinava-os a serem assim. Para desfazer o mal-estar, Renato mostrou a eles as fotos da irmã Isabelle, que vivia nos Estados Unidos. Uma gracinha! Mas, apesar de tudo isso, parecia que ele não relaxava. A presença de Moisés o incomodava, e tanto Maurício quanto Moisés perceberam isso.

Moisés, aproximando-se do computador, tentou ser cordial novamente.

- Você tem jogos fantásticos, muitos recursos. Tudo isso deve ajudar você na escola. Você é um bom aluno?

Renato fez uma cara esquisita.

- Não sei! Acho que as pessoas não gostam muito de estudar, ultimamente, não é?

Maurício, sem jeito, tentou salvar a situação.

- É que o Moisés é um cara superestudioso.

E ainda sorrindo, acrescentou:

- Totalmente diferente de mim!

- Ah! então somos dois, cara - acrescentou Renato levantando-se e indo até à sacada, da qual se podia ver o lindo jardim...

- Eu também já estou cansado de tudo isso, escola, compromissos, horários, aulas. Já estou cheio!

O quarto ficou em silêncio. Moisés arriscou, timidamente:

- Acho que seus pais gostam muito de você e não gostariam de estar pagando colégio à toa.

Renato ficou chateado.

"Que carinha mais esquisito! Quem ele está achando que é?", pensou com raiva, enquanto fitava Moisés com olhar indagador.

Moisés, sem jeito, ao sentir-se analisado, pediu licença e foi ao banheiro.

Renato não se conteve. Com ar de desagrado, comentou com Maurício:

- Esse seu irmão é um chato! Quantos anos ele tem, cem?

Maurício sorriu desconcertado, mas rapidamente defendeu o irmão.

- O Moisés é gente boa. Talvez seja um pouquinho maduro para a idade, como diz o meu pai, mas ele é gente boa!

Moisés saiu do banheiro. Estava louco para ir embora dali e por isso lembrou a Maurício que haviam prometido voltar cedo para casa e almoçar com os pais.

- Mas já? Não vai não, Maurício - disse Renato. - O seu irmão vai na frente e avisa que você fica para almoçar aqui comigo.

Moisés fitou Maurício, aguardando uma decisão.

Maurício resolveu acompanhá-lo.

- Não, hoje não dá. Fica para uma outra vez!

Despediram-se, prometendo voltar outras vezes.

E, enquanto desciam a rua, caminhando de volta para casa, os pensamentos se desencontravam, martelando a mente de Moisés.

"Alguma coisa deve estar errada", pensou angustiado. Ele não sabia o quê, mas existia algo de diferente naquele jovem de olhar perdido!

3. Dinho

Dinho era moreno e tinha os olhos bem azuis, contrastando com o cabelo negro e liso e lhe caía até os ombros.

Dinho era o galã da escola, as meninas suspiravam por ele, por um minuto da sua atenção, para "ficar" com ele.

Mas Dinho as ignorava, não tinha tempo, não se dignava a dar a elas um olhar, um sorriso sequer, por mais rápido que fosse.

As meninas suspiravam, lamentavam, comentavam entre si, mas Dinho nem aí.

O que elas não sabiam é que por trás daquele rosto bonito, daquele galã com o qual sonhavam, existiam grandes problemas existenciais, um grande vazio.

Dinho carregava dentro de si uma enorme timidez, um sentimento de inadequação, de não estar nem pertencer a nada, a nenhum lugar.

Dinho não conseguia se comunicar normalmente com as outras pessoas, principalmente com as meninas que, por desconhecerem o real significado daquela atitude, o achavam esnobe ou até esquisito.

Dinho carregava esse fardo, esse estigma, e se trancava cada vez mais dentro de si, cada vez mais triste, cada vez mais solitário.

O pai não aceitava o seu jeito diferente, reservado.

– Esse menino está cada vez mais estranho, esquisito. Não sei a quem puxou...

Seu sonho fora ter um filho extrovertido, risonho, que o acompanhasse em suas saídas, nas partidas de futebol, que fosse um menino mulherengo e convencido e continuasse sua fama de conquistador...

Mas o que as pessoas não sabiam, não entendiam, é que todo o tempo o que Dinho mais desejava era se aproximar das pessoas, falar com elas, sorrir com elas, viver a vida como elas, mas isso ele não conseguia.

Dinho estava travado, absurdamente ilhado. Existia uma barreira tão grande dentro de si, de seu coração, isolando-o do resto do mundo, que se sentia um ponto no infinito perdido no vácuo, habitante do nada.

Que ele era bonito, sabia. Ficava horas no espelho a admirar seu rosto, seus olhos, sua boca, que ali lhe parecia tão bonita, tão perfeita, mas que tremia e entortava quando era convidado a falar com as pessoas, quando ficava com medo.

Dinho sabia que o que mais ele precisava era de coragem, mas isso ele não tinha.

Sua mãe era jovem, e ele a adorava, mas ela era ausente. Raramente estavam juntos, mas, nas poucas vezes em que ela estava em casa, Dinho a seguia feito um sonâmbulo. Precisava tanto dela, precisava falar com ela, porém ela quase nunca tinha tempo.

Nessas horas, Dinho sonhava...

Talvez um dia ela lhe desse atenção, o ajudasse a encontrar o que ele tanto buscava, o rumo certo da sua vida. Algumas vezes, quando a via sentada no sofá, em plena madrugada, lendo os livros de pesquisa dos vários cursos que fazia, a sua vontade maior era a de abraçá-la, beijá-la, se deitar em seu colo e fechar os olhos devagarinho, para sentir a maciez de seus dedos penetrando seus cabelos numa carícia. Dinho precisava urgentemente de carinho.

Todavia, ela nunca o notava. Parecia que o amava, mas apenas cumpria o seu papel maternal; as roupas estavam sempre cuidadas, a casa arrumada, a alimentação preparada, mas nunca se aproximava.

Nas raras noites em que notava a sua presença, apenas piscava os olhos e sorria, como se ele fosse mais um de seus colegas de faculdade que vinham constantemente à sua casa, a quem tratava cordialmente.

Sua mãe só pensava em estudar. Acumulava cursos, como os anéis que usava nos dedos. Ele até gostava, admirava a sua vontade, sua perseverança em buscar crescer, sentia enorme orgulho dela. Mas ele nunca conseguia dizer-lhe isso e queria tanto a sua atenção, queria ser importante para ela. Quem sabe um dia...

As lágrimas afloravam de seus olhos, sem que ele quisesse. Sentia-se tão só!

E, além do mais, seu pai vivia cobrando atitudes dele. Parecia que tinha ciúmes dos dois, era esquisito.

– Cuidado com esse menino, Carolina. Não sei não! É tão sensível, vive chorando. Isso lá não são gestos de homem!

Dinho, ao ouvir essas palavras, cada vez se fechava mais. Sofria com a alusão feita à sua masculinidade. Tanta sensibilidade o incomodava. E eles não entendiam, ninguém o entendia. Não conseguia se aproximar de ninguém. A mão suava, o peito arfava, a voz engasgava, a boca tremia.

Mas Dinho sabia e sonhava com o dia em que tudo seria diferente. Um dia, sua voz ecoaria de dentro de seu peito e ele gritaria para o mundo, para a vida:

– Eu estou aqui! Eu quero estar aqui!

Nesse dia, olharia bem fundo nos olhos das pessoas, sem tremor, sem disfarces, sem medos...

Mas, por ora, era um solitário, um pobre solitário, em busca de algo que não sabia definir...

Foi por isso que, quando Renato se aproximou dele com tanto interesse e solidariedade, Dinho se jogou naquela amizade de cabeça.

Renato se tornou seu melhor amigo, lhe dava tanta segurança, tanta atenção, conseguia entender seus problemas, suas mágoas, a sua dificuldade em se aproximar das pessoas, até a dificuldade em arranjar uma namorada.

Foi por isso que, sem Dinho se dar conta, Renato foi se infiltrando devagarinho em sua vida, comandando suas ações, seus gestos, suas amizades.

Aos poucos, Dinho foi se enturmando com novos amigos, amigos da turma de Renato, e um dia, sem que ele percebesse, foi apresentado a "ela", a uma nova "namorada", a causadora de suas emoções mais fortes.

Foi devagarinho, lentamente, que "ela" foi fazendo parte de sua vida, de seu coração, e aos poucos, da mesma maneira que lhe deu uma nova vida, a tomou.

Dinho era agora um dependente, um viciado, um espectro de si mesmo.

Mas no começo não fora assim. No começo, foi diferente.

Quando estava sob o seu efeito, "ela" era tudo, ele podia tudo, a vida lhe pertencia como nunca antes houvera feito parte de nada.

Medos não existiam, só existia a vontade de se lançar de cabeça em todas as coisas, em todas as situações, mas agora que os momentos de crise se tornaram frequentes, ele sentia a vida esvair-se de seu ser, aos poucos, sem dó nem piedade. Dinho sabia que seria sempre assim.

E tudo isso graças a "ela", a "ela" e a Renato, que o haviam feito conhecer o outro lado das emoções, dessa força desumana, cruel, que, ao mesmo tempo que destruía a vida de meninos e jovens como ele, de covardes como ele que buscavam nela o refúgio seguro para as suas almas em desordem, lhes dava a segurança momentânea de poder, de querer, de ter...

Agora, Dinho sabia que eles ficariam juntos para sempre, porque, quando ele quis recuar, descobriu que não mais poderia.

Até que tentou falar com seus pais, pedir ajuda, mas descobriu que a vida deles era muito diferente da sua, não tinham tempo para prestar atenção nele, no que acontecia a ele.

Por isso, ele agora estava sozinho. Sozinho não. Tinha Renato, tinha o grupo e tinha Maurício; Maurício, o mais novo amigo de Renato; Maurício, que, Dinho tinha a certeza, brevemente seria o mais novo conhecedor daquele inferno, o "inferno das drogas"!

4. Dona Lourdes

Dona Lourdes espalmou as mãos sobre a terra molhada e sorriu intimamente.

Era bom aquele contato morno, de plenitude, de sentir nas mãos a força e o calor de fazer brotar, crescer.

Dona Lourdes, desde criança, adorava a natureza e, agora que morava numa casa arejada e ampla, com espaço para aquele bonito jardim, podia cuidar pessoalmente das suas plantas, suas "filhas queridas", como ela mesma costumava dizer.

O jardim estava florido. As roseiras, suas preferidas, sempre criavam novos cachos de rosas de todas as cores, o jasmineiro se insinuava com sua presença aromatizante pela sala de estar, e as samambaias desciam em cascatas pelas paredes da varanda, plantas que enfeitavam sua vida de mãe extremada com encantamento e cor.

Dona Lourdes, nessas horas, esquecia-se totalmente de seus problemas, de suas tristezas e se deixava transportar até as fronteiras do de sua alma.

Para aquele coração sensível e amoroso, a natureza tinha esse poder, o poder de mexer com ela, de sensibilizá-la, de enternecê-la. Ela até sentia que, no dia em que cuidava das plantas de seu jardim, ficava mais carinhosa, mais dócil, mais amável.

Doutor Geraldo, por conhecê-la bem, também percebia a diferença. Nessas horas, brincava carinhoso: – Já sei, já sei, a energia hoje está diferente. Já sei que andou mexendo nas plantas do jardim.

A esposa, levantando os olhos, respondia orgulhosa:

– Ah, sim, meu amor, é verdade.

E com olhos brilhantes comentava:

– Você precisava vê-las, Geraldo. Estão tão viçosas, tão bonitas. E quando as "minhas filhas" estão bem, estão felizes, eu também estou. Hoje, ganhei o dia!

O casal vivia feliz. Doutor Geraldo, o marido, era amável e atencioso, e Lourdes, que se casara cedo, mocinha ainda, não desejara nada de melhor do rapaz apaixonado que ia esperá-la todos os dias na saída da escola.

Do namoro ao casamento, mais cinco anos.

Ela terminara o curso normal e o jovem Geraldo ingressara na faculdade de Medicina, que era o seu grande sonho, seu grande ideal.

Por causa disso, os filhos demoraram a vir.

Geraldo preferiu primeiro concluir seus estudos, que foram feitos com muitas dificuldades, para depois pensar no crescimento da família.

Lourdes, apesar de adorar crianças e estar louca para engravidar, concordou com o marido e resolveram esperar a situação financeira melhorar.

Por isso, quando Moisés nasceu, Lourdes já tinha quase trinta anos. A alegria foi geral! Primeiro neto, primeiro sobrinho, primeiro afilhado.

Moisés era um bebê lindo e saudável que veio alegrar-lhes a vida. Dois anos depois, Maurício veio completar a felicidade da família, que já começava a se estabilizar.

Moisés e Maurício! Dona Lourdes sorriu orgulhosa ao evocar mentalmente as imagens queridas. Tão amigos, tão estudiosos! Talvez Maurício não fosse tanto, porém, ela sabia que o menino se esforçava para conseguir cumprir as suas obrigações de filho e de um bom aluno.

Agradecia muito ao compadre Antônio, amigo de muitos anos e padrinho de Moisés, haver matriculado os dois no colégio que dirigia e que era um dos mais bem conceituados do Rio de Janeiro, apesar de a princípio ela ter rejeitado a ideia. Não achava justo oferecer aos meninos um ambiente totalmente diferente daquele do qual faziam parte.

Dona Lourdes era partidária de usar de psicologia na vida. Para ela, com certeza existiriam choques, situações difíceis, comparações, apesar de o marido tentar convencê-la do contrário. Se os meninos tinham, através de Antônio, a oportunidade de estudar em um colégio melhor, de receber uma boa educação, que fossem, que aproveitassem a chance e se preparassem para o futuro. Mas dona Lourdes não conseguia evitar a preocupação. Eles viviam com dignidade, mas não eram ricos, e os meninos que lá estudavam eram jovens de situação financeira privilegiada, e na certa existiriam comparações. Ela sabia como era, fora uma jovem humilde também... Sabia o que era se sentir diferente...

Moisés era calmo, educado e atencioso. Parecia um espírito especial, tão ajuizado, tão maduro, mas Maurício não, era inquieto, questionador. Seus olhos vivos estavam sempre à procura de novidades, de coisas novas, e era essa inquietude de Maurício que mais a preocupava.

Lourdes não era tola, conhecia da vida, lia livros. E além do mais era professora. Sabia que essa era uma das características dos adolescentes, de querer abraçar o mundo, mas o filho exagerava.

Tinha pressa, ânsia de viver. Era um menino bom, um filho carinhoso, é verdade, mas o grande medo dela era de que o mundo o seduzisse com as suas propostas.

Dona Lourdes orava. Apesar de não serem religiosos, em Deus ela acreditava e todos os dias, em suas orações pedia a ele que protegesse os seus meninos, filhos de seu coração, e principalmente o seu Maurício, que trazia tanta ansiedade dentro de si.

Ela também procurava estar bem atenta às suas obrigações maternais. Conversava, orientava, mas, em seu íntimo, sentia que faltava algo, uma direção. Talvez um caminho religioso, uma orientação mais segura, o fortalecimento da fé!

Lourdes preocupava-se.

Ultimamente, Maurício andava meio esquisito. Muito agitado, mais do que de costume.

Havia também começado uma amizade com um menino chamado Renato, que era um rapaz de reputação duvidosa e que morava a algumas quadras da casa.

Dizem que coração de mãe não se engana e era isso o que ela sentia. Algo lhe dizia que alguma coisa estava para acontecer.

A mãe sentia que o seu menino corria perigo!

5. Doutor Geraldo

Geraldo de Carvalho e Castro, ou simplesmente doutor Geraldo, como era carinhosamente tratado por seus pacientes e amigos, era um homem bom.

Pai amoroso, esposo extremado, era também um exemplo vivo de humanismo na profissão por ele escolhida e, apesar de não estar vinculado a nenhuma crença, a nenhuma fé religiosa, fazia da medicina o seu sacerdócio, socorrendo àqueles mais necessitados que buscavam o concurso de sua ajuda.

Pessoas humildes e necessitadas, além de um semblante sempre alegre e atencioso e de sincera dedicação, recebiam de suas mãos o dinheiro para o remédio e para a dieta de frutas ou legumes que complementariam a sua convalescença.

Doutor Geraldo se tornara querido e estimado nas redondezas e em todo o bairro do Flamengo, mas a fama do médico bondoso, do ser humano íntegro e respeitável se espalhava por muitos lugares. Dificilmente alguém ainda não ouvira falar dele, de seus gestos caritativos, de sua bondade sem limites.

Dona Lourdes, apesar de nutrir enorme admiração pelos gestos altruístas do companheiro de tantos anos, muitas vezes se preocupava com as dificuldades vividas por ela e pelos meninos.

Lourdes acreditava que ele devesse ajudar sim, mas é que às vezes se excedia, chegando em casa somente com o dinheiro para pagar as dívidas.

Mãe carinhosa e dedicada, preocupava-se em propiciar mais conforto aos filhos e muitas vezes admoestou o companheiro com carinho.

Doutor Geraldo apenas sorria, pitando seu cachimbo e cofiando a barba onde já se viam alguns fios de cabelos brancos.

– Deus nunca nos faltará! Sempre vai dar tudo certo!

Era o compadre Antônio, seu amigo de muitos anos e diretor do colégio onde os meninos estudavam, que, quando conversavam, lembrava a ele a vida de um grande médico espírita que vivia na estação do Riachuelo e que era também um paladino da medicina na ajuda aos mais necessitados.

- Fico feliz, compadre - dizia ele sorrindo - que você siga os passos do doutor Bezerra de Menezes, grande médico, amigo e protetor dos humildes, que ficou popularmente conhecido como o "Médico dos pobres", mas pense mais na comadre e nos meninos.

Doutor Geraldo pitava o seu cachimbo com mais força e retrucava com indolência:

- Nem sei quem era o doutor Bezerra de Menezes, compadre, nunca li nada a respeito, mas, com certeza, ele deveria ser um homem preocupado com a problemática social por sentir de perto a situação dessas pessoas, pobres miseráveis, que não têm sequer o dinheiro para aviar uma receita.

No consultório do doutor Geraldo, as filas eram imensas. Ele clinicava todos os dias da semana, mas suas terças e quintas eram destinadas àqueles que não podiam pagar a consulta.

Homens, mulheres e crianças beijavam-lhe as mãos, extremamente sensibilizados, e não eram poucos os afilhados que ele tinha, presentes de mães agradecidas.

Doutor Geraldo era clínico geral, mas havia se especializado também em pediatria. O médico adorava crianças. Naqueles jovenzinhos que desfilavam à sua frente, via em cada um deles os seus meninos, que lhe eram muito queridos.

Quando jovem, Geraldo já sonhava em ser pai, em

ter muitos filhos, ajudá-los, orientá-los, em fazer deles homens de bem.

Havia sido educado sem o pai, que morrera quando ele tinha apenas cinco anos de idade. As lembranças que tinha dele eram vagas.

Sua mãe, dona Cora, mulher decidida, apesar da pouca instrução, assumira a educação do menino Geraldo e de duas irmãs mais velhas. Era também muito católica e passava aos filhos uma imensa fé na Virgem Maria de Nazaré, protetora dos aflitos, apesar de morarem longe da cidade e de não haver condição para que eles frequentassem a missa, pois a cidade mais próxima ficava a muitos quilômetros.

Eles tinham que trabalhar muito na roça, e sendo assim, o menino Geraldo desde cedo aprendeu a brigar pelo seu sustento, de suas irmãs e de sua velha mãe, que definhava e se encarquilhava a cada dia de tanto trabalhar para tentar cuidar dos filhos da melhor maneira possível.

Muitas vezes, o menino a vira chorar escondido, pois apesar de seus insistentes esforços, faltava tudo, até a comida.

Nessas horas, Geraldo corria a abraçá-la, dizendo entre lágrimas:

– Um dia eu vou ser gente, mãe, eu vou mudar essa situação!

Até que um dia, segundo eles, as preces foram ouvidas. Um irmão de dona Cora que morava longe e do qual há muitos anos não se tinha notícia resolveu procurá-los e se comoveu com a pobreza em que viviam.

O pequeno Geraldo logo lhe despertou a atenção. Era esperto, ativo, falante e só pensava em estudar.

E na semana seguinte, com os olhos rasos d'água, ele se despediu de sua mãe e irmãs para acompanhar o tio até a mansão em que morava.

Geraldo foi recebido com festa pelo casal sem filhos. O tio custeou-lhe os estudos e a faculdade de medicina, que era o seu maior sonho.

A mãe e as irmãs, infelizmente, haviam ficado perdidas no tempo.

A mãe, ele só foi encontrar anos mais tarde, na lápide fria de um cemitério, ao voltar a sua terra natal. Levou-lhe um buquê de rosas e, entre lágrimas, disse-lhe que havia mudado toda aquela situação, apesar de, infelizmente, ela não haver podido partilhar dela.

Quem conhecia sua vida anterior, de privações, entendia o porquê de sua preocupação com o próximo. Até viver com o tio, Geraldo só possuía um sapato e uma camisa, que era lavada para ser usada no dia seguinte.

Ele conheceu de perto a fome e a miséria e, em vez de se tornar um revoltado, preferiu se dedicar a minorar o sofrimento alheio. O mesmo acontecia em sua relação com os filhos. Dava a eles o melhor que podia. A única coisa que exigia era que estudassem, que se esforçassem e que aprendessem a valorizar o que recebiam.

Era também muito agradecido ao compadre Antônio

pelo bem que fazia aos meninos. Geraldo também tivera alguém que se interessara por ele, um dia, um "anjo bom" que guiara a sua vida. Sabia que nenhum dinheiro do mundo poderia pagar tal atitude. Ninguém melhor do que ele para saber...

Doutor Geraldo se esforçava para dar o melhor que podia aos filhos Moisés e Maurício, mas sabia que faltava algo, talvez uma fé, uma crença, uma orientação religiosa, apesar de achar que o seu comportamento íntegro serviria de exemplo aos meninos para que eles se tornassem honestos e trabalhadores.

Daria a sua própria vida por eles, seus filhos queridos.

A única coisa que queria era ver Moisés e Maurício felizes!

6. Amarga descoberta

– Oi, Maurício!

– Oi, Renato. Estamos atrasados!

– É, o sinal já tocou – lembrou Renato – mas eu estava aqui esperando que você chegasse. Precisamos conversar.

– Está bem, mas vamos entrando – retrucou Maurício, alegremente. – A gente conversa pelo caminho.

Moisés, que se encontrava um pouco atrás de Maurício, resolveu apertar o passo, mas foi abordado por um colega de turma.

Renato esperou que ele se afastasse para poder reativar a conversa.

– Maurício, eu quero lhe fazer um convite!

- Um convite? Que legal! É sobre o quê?

- Lembra do Rodriguinho, aquele meu primo que apresentei no outro dia?

Maurício sorriu satisfeito.

- Como é que eu não ia lembrar? Ele até me ensinou a pilotar a moto dele, uma "Kawasaki" linda!

- É isso mesmo! Amanhã é aniversário dele e nós vamos fazer uma festa surpresa. Você não quer vir com a gente?

- Eu não sei, Renato - respondeu Maurício hesitante. - Eu não tenho o hábito de sair à noite e chegar tarde. Tenho que falar primeiro com meus pais.

Renato encarou o amigo.

- Tudo bem, eu ligo pra você, então. Mas, olha - falou Renato hesitante -, não leva aquele chato do teu irmão...

Maurício baqueou. Ficou desconcertado.

- Ah, não fale assim do Moisés, não, Renato. Ele é um cara sério, só isso, mas é muito legal!

Renato gargalhou ruidosamente, chamando a atenção dos outros alunos que passavam pelo pátio.

- Sério? O cara parece que tem duzentos anos, que vive na idade da pedra.

Maurício ficou chateado. Adorava o irmão, não gostava que falassem mal dele.

- Eu já disse que ele é legal! - respondeu emburrado.

Renato deu de ombros.

- Está bem, faça o que quiser, mas eu garanto que ele

não vai gostar da festa.

Maurício ficou triste.

– Está bem. Eu vou ver se posso ir, ok?

– Você vai lá para casa e nós vamos juntos! Eu lhe dou uma carona.

Em casa, dona Lourdes não gostou do pedido do filho, mas ao falar com o marido, este acabou concordando, pois as notas de Maurício estavam melhorando novamente.

A festa estava animada. Rodrigo morava em uma linda e espaçosa casa na Barra da Tijuca.

Maurício a princípio estranhou. A agitação entre os jovens era intensa e ele teve que se acostumar com as luzes coloridas que piscavam diante de seus olhos.

Um cheiro forte de bebida impregnava o ar. Alguns grupinhos falavam e riam alto, mas, no meio de toda essa alegria, Maurício estava triste. Tivera de convencer Moisés a não acompanhá-lo. Seus pais também estranharam, pois os dois tinham o hábito de andar juntos, mas Maurício alegou que a festa era só para alunos da sua turma. Na verdade, Maurício preferiu preservar o irmão. Soube desde o primeiro momento que Renato não simpatizava com Moisés; aliás, a antipatia era recíproca. Moisés vivia dizendo a Maurício que Renato não era uma boa companhia para ele.

Maurício se entristecia. Adorava o irmão, gostava de Renato e sinceramente tinha a esperança de que um dia os dois se aceitassem tal como eram.

A música alta invadia o salão, e Maurício, que passeava sozinho por entre os convidados no jardim, começou a se inquietar.

Os pais de Rodrigo haviam viajado e ele descobriu que na casa não havia nenhum adulto, só eles, os jovens.

Um garçom passou com uma bandeja e ofereceu um copo a Maurício.

Ele estendeu as mãos indeciso.

- O que é isso, refrigerante?

Camila e Fernando, colegas de turma que estavam por perto, ouviram o comentário de Maurício e se aproximaram.

- Refrigerante? Ora, cara, isso é whisky.

Camila começou a rir, chamando a atenção de alguns jovens que estavam por perto.

Fernando deu o alarme.

- Olha aqui, gente! O bebezão quer beber guaraná.

Maurício corou, envergonhado, e afastou-se. Sua vontade era ir embora, sair dali e não voltar mais.

Caminhou até a piscina. Bolas coloridas balançavam ao vento. Os jovens, em grupo, riam alto num barulho ensurdecedor.

Jovens diferentes, alguns tatuados, outros com cabelos coloridos, exóticos, dançavam com trejeitos agressivos e sensuais.

Maurício ficou parado, olhando a movimentação da festa, quando uma menina interessante, de cabelos claros e compridos, com um piercing no nariz, aproximou-se dele.

- Oi, tudo bem?

– Oi – respondeu Maurício um pouco envergonhado; estava totalmente deslocado naquele lugar.

– Qual é o seu nome?

– Maurício, e o seu?

– Ana, mas acho que já o conheço de vista lá do colégio – respondeu a menina, que estava usando um vestido preto, de rendas, que a deixava seminua.

Maurício relanceou os olhos pela figura esbelta da mocinha e corou. As mulheres às vezes provocavam os homens... Se ele tivesse uma irmã, com certeza iria aconselhá-la para que não andasse vestida assim.

Ana lançou-lhe um olhar indagador, como se estivesse a perguntar, sem palavras, o que ele estava fazendo ali.

Maurício realmente estava se sentindo diferente, deslocado, um "peixe fora d'água".

Ana convidou-o para que se sentassem à beira da piscina.

Ele aceitou o convite. Ficou olhando para o rosto bonito que estava à sua frente.

Maurício viu no braço de Ana uma tatuagem. Uma figura estranha que não pôde identificar bem. Olhou com interesse.

– O que foi? Você está olhando tanto para o meu braço...

– Não, é que... – respondeu sem graça. – Estava observando a sua tatuagem. É diferente. Não dói?

– Dói? Não! – sorriu Ana.

Maurício tentou continuar a conversa. Ele não sabia por quê, mas a moça havia despertado demais sua atenção.

- Por que você usa uma tatuagem? - perguntou de repente. - Algum motivo especial?

Ana ficou confusa.

- Por quê? Não sei! Acho que fica legal, sei lá. É onda, dá prazer...

Maurício fitou-a, intrigado.

- E tudo que é onda, que dá prazer, você faz?

Ana engasgou.

- Não sei, quase tudo. Você não?

Ana continuou perturbada. Maurício continuava a encará-la.

- Depende, se isso não for prejudicar o meu corpo, a minha saúde, a minha mente. Meu pai, que é médico, vive nos alertando sobre os cuidados com o corpo. E seu pai, o que diz?

- Meu pai? - Ana sorriu com tristeza. - Eu não tenho pai, Maurício.

- Não? - Maurício se surpreendeu. - E a sua família?

- Minha família está por aí...

Dizendo isso, tirou um maço de cigarros da bolsa e ofereceu a ele.

- Não, obrigado, eu não fumo! - agradeceu o rapaz.

Ana sorriu, jogando a fumaça em sua direção.

- Nossa, você é demais! Desse jeito, eu vou achar que você desceu de algum disco voador. Não bebe, não fuma...

E com um sorriso maroto, concluiu:

- Já sei, você deve ser um anjo!

Maurício explicou gaguejando:

- Bem, desde que éramos crianças, meu irmão e eu, meu pai nos ensinou a ter cuidado com a saúde, e o álcool e o fumo causam dependência, tanto física quanto psicológica.

Ana deu um sorrisinho histérico.

- Eu tinha razão. Você é mesmo um anjo!

E como Maurício ficasse sem dizer nada, continuou, fitando-o bem fundo em seus olhos:

- É, anjo Maurício, acho que você veio bater as asas no lugar errado. Se eu fosse você, ia embora correndo, dava o fora daqui.

Maurício surpreendeu-se com as palavras de Ana.

- Mas, por quê? Eu não estou entendendo...

Ana tomou entre as suas as mãos do rapaz, que a olhava intrigado:

- A turma aqui é da pesada, Maurício. Esse não é o seu mundo. Dá o fora, antes que você fique contaminado.

Dizendo essas palavras, levantou-se, ainda segurando as mãos do rapaz.

- Vai embora, Maurício, enquanto é tempo. Vai!

Maurício ficou desconcertado e confuso, enquanto Ana se afastava, perdendo-se entre os jovens.

Será que tudo aquilo era verdade? A voz musical ainda ecoava em seus ouvidos.

- Vai, Maurício, vai...

Maurício estava extático. Ana era de verdade? Parecia um sonho...

Ana, linda, doce, assustada, tão perdida. Teve vontade de protegê-la. Ana sozinha, jogada no mundo...

Maurício sorriu. Fora tão bom aquele momento. Maurício ainda estava sentindo as pernas tremerem. Nunca antes havia conversado com uma menina assim, com tanta proximidade.

Foi Rogério quem quebrou o encanto que ainda estava no ar.

- Maurício, tudo bem? O Renato está chamando você lá em cima!

Maurício assustou-se.

- O Renato? Onde é que ele está?

Rogério respondeu andando com pressa.

- Lá na biblioteca, no segundo andar. Pediu para você não demorar.

- Está bem - respondeu Maurício, perguntando a ele a direção da biblioteca. - Já estou indo!

Enquanto se dirigia até lá, Maurício continuava enlevado. Estivera tão próximo de Ana, suas mãos tocaram as dele, sua respiração estava tão perto da dele...

Sorrindo interiormente, subiu as escadas que o levariam até a biblioteca. Seus pés deslizavam sobre patins, sobre nuvens...

Ana, linda, namorada... Ah, se ele tivesse coragem...

Deu uma batida na porta, mas achou que ninguém o ouvira. Esperou algum tempo antes de abri-la. De repente, uma cena estranha se mostrou aos seus olhos.

Renato, no meio de alguns jovens, aspirava um pó branco, que passava de mão em mão.

Seu olhar descobriu rostos já conhecidos. Alguns eram de sua turma, outros, do colégio...

Breno, que era filho de um juiz e de família conceituada, Fabiane e Alícia, filhas da professora de inglês, André, o Andrezinho, que jogava vôlei na equipe do colégio, Ígor, Pedro, Dinho e até Ana, a linda e doce Ana, com quem estivera conversando minutos antes.

Maurício estacou. As pernas tremiam, o chão deslizava, fugia. A camisa empapou de suor.

Renato olhou-o fixamente.

Maurício, num ímpeto, correu para ele sacudindo-o violentamente.

– O que é isso, Renato? O que você está fazendo?

Renato sorriu um riso sarcástico. Tinha a voz arrastada quando falou:

– Calma, amigão, calma. Não entendo por que você está tão nervoso.

Os outros o olharam com olhar parado, vazio.

– Essa é a nossa onda, Maurício. Pensei que você desconfiasse – disse Renato.

– Não, não! Eu nunca desconfiei de nada! – disse Maurício, voltando a sacudir Renato pela gola da camisa.

- Seu maluco, você está se matando. Pare com isso!

Num gesto estouvado, o papelote voou longe.

Breno se abaixou para tentar recuperar o pó perdido. Alícia o ajudou nervosamente. Renato também ficou nervoso.

- Está vendo o que você fez, está vendo? Seu... seu...

Ana se colocou na frente de Maurício.

- Vai embora, Maurício. Se manda, essa não é a sua onda. Vai!

Maurício não acreditava. Eles estavam usando drogas, sabendo das consequências e dos efeitos que elas podiam causar!

- Vocês não podem fazer isso, não podem! Estão se matando!

Maurício enviou a Ana um olhar incisivo.

- Ana, vem comigo!

Ana devolveu-lhe um olhar frio e indiferente.

Renato sarcasticamente estendeu a ele a cocaína que fora recuperada.

-Tem certeza de que não quer experimentar?

- Não, jamais. Eu não sou louco igual a vocês.

Um silêncio profundo se fez. Foi Renato quem o quebrou.

- Quem diria, o Maurício, tão metido a esperto, tão sabido, está com medo. Amarelou?

7. Tristeza

Maurício não conseguia dormir. Uma dor de cabeça, um enjoo esquisito.

A festa na casa de Rodrigo lhe deixara amargas impressões. Por mais que tentasse esquecer, ainda estava chocado com tudo que vira e ouvira.

Seu peito se apertava e seu coração ainda batia descompassado, sob o efeito da cruel revelação.

Renato, seu melhor amigo, era um dependente!

Maurício rememorou em sua mente a cena da biblioteca. Fora tudo tão chocante! Aqueles jovens em círculo, se drogando, se matando como animaizinhos feridos, largados e abandonados a sua própria dor.

E Renato, então? O olhar esquisito, irônico, agressivo, custou a reconhecer o amigo de sempre, tão risonho, cordial.

Pobre Renato! Mas, não era só Renato, a maioria do grupo da sala, da escola. Viviane, Breno, Dinho, Douglas, e até a pequena Ana, a meiga Ana.

"Meu Deus, como pude ser tão ingênuo", pensou desalentado. Ele não sabia, e estava tudo tão claro, debaixo de suas vistas. Lágrimas quentes escorreram de seus olhos sem que pudesse contê-las.

E ele, que pensava ser tão esperto, sentiu-se enganado, tolo, logrado. Estava tudo tão claro, as reações adversas, os cochichos, os olhos vermelhos e injetados, as mudanças de humor, as respostas atravessadas aos professores, que muitas vezes com toda a sua psicologia não entendiam aquelas reações, as almas em conflito...

As lágrimas continuavam a pingar uma a uma, doridas, devagar.

Maurício sentiu pena daqueles meninos, tão jovens, tão sozinhos, que enveredavam por aquele caminho; sentiu pena...

Estava tão chocado. Tentou esboçar uma prece, um pedido, uma súplica a Deus, mas não conseguiu.

Moisés grunhiu algo ininteligível. Maurício olhou o irmão, que dormia na cama ao lado.

E Moisés, quando soubesse, o que diria? Talvez não devesse contar nem para ele. Moisés desde o princípio não simpatizara com Renato. Parecia que o irmão, com a sua sensibilidade aguçada, havia sentido alguma coisa de errado no ar.

Maurício se inquietava com essa faculdade do irmão. Muitas vezes, costumavam até brincar...

"Aí tem coisa, sinto o cheiro no ar"...

Dona Lourdes não se cansava de dizer que tudo isso acontecia por causa da sensibilidade aguçada do filho, da sua maturidade, do poder que ele tinha de prever as coisas antes que elas acontecessem, da sua maturidade espiritual.

Maurício se entristecia com essas declarações.

Para eles, Moisés era o filho maduro, ajuizado, ao passo que ele, Maurício, não passava de um "doidivanas", sem juízo, que só dava trabalho, preocupações.

Mas, o que fazer? Cada um era como era. Moisés era sério, sisudo, caladão, enquanto ele adorava a vida, sorrir, brincar, curtir. Não via nisso, em seu comportamento, nenhum sinal de imaturidade. Achava que a vida era para ser vivida intensamente e ser aproveitada em cada momento. Só isso!

Mas Moisés, quando soubesse, não perderia a oportunidade de criticá-lo, de adverti-lo.

"Eu não falei?... Afaste-se do Renato, rapidinho, ou vamos ter que contar para os nossos pais", apesar de Maurício, mesmo assustado, achar que essa não era a melhor atitude a ser tomada. Renato não devia ser renegado e, sim, ajudado. Nem ele nem os outros jovens. Eles precisavam de uma chance de se reerguer, de ter um futuro, de ser felizes. Eram somente jovens, mal tinham começado a viver. Não era justo toda aquela infelicidade.

Maurício baqueou. Aquelas palavras soaram mal em sua mente.

A vida era mesmo engraçada! Anteriormente, antes de ir visitar Renato em sua casa com Moisés, o julgara tão feliz!

Renato fora para ele um exemplo vivo de felicidade. Sentira-se tão pequeno comparado a ele, se sentira nada. Para ele, Renato era um escolhido, um privilegiado pelo destino, que havia possibilitado a ele a chance de desfrutar as coisas boas da vida.

Por isso, as perguntas se insinuaram em sua mente.

"Por que será que Renato fazia aquilo? Será que ele não sabia das consequências do uso das drogas? Claro que sabia! As informações estavam aí o tempo todo, nos veículos de comunicação, nos livros, na escola. Como não saber? Todos sabiam, talvez fingissem que não, mas sabiam"...

Enxugou as lágrimas com a camisa. Estava triste, muito triste. Renato tinha tudo! Boa casa, muitas roupas, dinheiro à vontade, não precisava se envolver com tudo aquilo.

E seus pais, será que sabiam? E os pais de Rodrigo? Talvez não, porque não se encontravam em casa, deixaram os jovens sozinhos no dia da festa...

Quanto aos pais de Renato, só pensavam em viajar, conhecer novos países, novas culturas, encher cada vez mais os álbuns de fotografias, onde se mostravam felizes e risonhos, sem saber que a infelicidade rondava tão perto, sem desconfiar que o filho tão jovem abreviava a sua vida, talvez tentando esquecer a solidão e o abandono em que vivia, em que fora relegado por causa deles mesmos.

Maurício ainda podia se lembrar do brilho nos olhos de Renato, quando falava a ele das festinhas de sua própria família, dos piqueniques de domingo, com os tios e primos reunidos, dos natais em volta da mesa grande na casa de Vó Marina, mãe de dona Lourdes, em como tudo isso era bom.

Como isso fazia falta, uma família, o amor de uma família, ou melhor, a união de uma família que aproveitava os momentos para estarem juntos e fazer, desses, momentos felizes.

Mas será que era isso, só isso bastava, essa era a chave para essa felicidade tão sonhada?

Maurício, em suas conjecturas, cria que sim. Amor, interesse, união e respeito eram grandes ingredientes para tornar os membros de uma família fortes e felizes. Existiam os reveses, mas os familiares com certeza se sentiam mais aptos a enfrentar os problemas quando estavam se apoiando mutuamente.

Também tinha o diálogo. Em sua casa, conversavam muito, o que também mantinha sadia aquela relação. Conversar, falar de problemas e tentar buscar soluções juntos era talvez não o grande passo, mas um degrau importante para a aproximação de pais e filhos. Mas será que era só isso? Ele não sabia o que ele sabia da vida, por mais que tentasse saber, mas de uma coisa ele tinha certeza: Renato era o seu melhor amigo. Amigos ajudam amigos e ele precisava ajudá-lo.

Pobre Renato! Tão infeliz!

Maurício não ia contar a ninguém, porque pediriam que se afastasse de Renato. Havia tomado aquela decisão. Maurício precisava ajudá-lo e o mais rápido possível.

8. Ajuda

Depois do incidente da festa, Maurício, por mais que tentasse, ficou diferente, assustado. Não brincava mais, não se sentia à vontade com o grupo e recolheu-se a um mutismo forçado que despertou até a atenção dos professores.

Renato também tinha ficado diferente, não era mais o mesmo... E isso o fazia sofrer, pois ele considerava Maurício o seu melhor amigo na escola.

Na verdade, Maurício também estava sofrendo. Gostava demais de Renato; quando este estava sóbrio, sem drogas, o impulso de Maurício era o de protegê-lo daquele mundo podre em que estava vivendo. Não queria nada daquilo para o amigo.

Renato não era mau, era só um menino assustado que, quando estava sob o poder das drogas, esquecia valores, considerações, mudava totalmente o comportamento.

Além do mais, existiam os traficantes que os obrigavam cada vez mais a trazer novos adeptos para aquele "mundo novo".

Maurício insistia. Ao mesmo tempo em que o bom-senso o mandava afastar-se de toda aquela situação, resolveu que precisava ajudar Renato.

Não podia deixar o amigo se perder naquele poço sem fundo, sem oferecer a ele o melhor de sua ajuda.

Seu pai era um exemplo vivo disso. Ajudava a todos, não só conseguindo remédios mas também com o seu carinho e dedicação.

Era assim que um homem de bem fazia, dizia constantemente o doutor Geraldo, o que reforçava nele a ideia de que Renato precisava de uma chance.

Ele, Maurício, acreditava que jamais usaria drogas, sabendo das consequências e dos efeitos causados por elas, mas os outros pareciam não saber ou não querer saber.

• • •

Naquele dia, Renato estava agitado. Havia discutido com um colega de classe, avançando sobre ele com o punho fechado e deixando-o sangrando.

Os colegas apartaram, o clima ficou horrível.

Maurício, que estava chegando, correu para ele, tentando contê-lo, mas Renato reagiu e o empurrou, indo sentar-se, para depois entregar-se a uma ausência total.

Mary, a professora de inglês, por várias vezes chamou a sua atenção, mas ao ver que ele não reagia, continuou as suas explanações e os exercícios diários, pensando que depois da aula, levaria o caso à direção da escola, para que alguma providência fosse tomada.

Maurício resolveu esperá-lo na saída da aula.

Moisés saiu também e veio juntar-se ao irmão. Todos os dias, voltavam juntos para casa, mas Maurício, alegando ter que combinar a apresentação de um trabalho com o pessoal da turma, pediu que ele fosse na frente e avisasse aos pais, para que não se preocupassem.

Renato saiu pouco depois com alguns rapazes do grupo. Breno, Douglas e Dinho estavam com ele.

Maurício aproximou-se indeciso, mas Renato esquivou-se e apressou o passo. Os outros rapazes o seguiram.

Maurício achou melhor não insistir. Renato estava agitado demais naquele dia. Talvez quando ele estivesse mais sóbrio, quem sabe...

Resolveu esperar o dia seguinte, na hora da saída.

Durante a aula, Renato o evitou, mas parecia mais calmo quando saíram.

Maurício se pôs à sua frente e o encarou com firmeza. Renato caminhou com passos trôpegos em sua direção.

– Qual é, cara, o que foi?

Maurício armou-se de coragem. Os olhos de Renato estavam injetados.

– Oi, Renato, eu estava te esperando. Preciso muito falar com você.

Renato tinha muita raiva, uma mágoa incontida na voz quando falou:

– Dá o fora, Maurício. Você ainda não percebeu que eu não sou uma boa companhia para você?

Maurício sentiu leve tontura. Custava a crer no que Renato estava lhe falando.

E a amizade deles, onde estava? Eles não haviam jurado ser amigos para sempre?

Renato continuava a fitá-lo, como se ele fosse um estranho, o que fez Maurício sentir imensa piedade dele. Encarando fixamente seus olhos, pôde ver que ele estava sofrendo, sofrendo muito. Por isso, fez mais uma tentativa para se aproximar. Tocou em seu ombro.

Renato reagiu mal.

– Qual é, cara? Tire as mãos de cima de mim. Pare de bancar o bonzinho. Você vai se comprometer.

– Deixa de ser bobo, Renato, vamos conversar – insistiu Maurício.

Renato não conseguiu dominar o tom de voz. O grupo de rapazes observava a cena.

– E qual é o assunto? Quer me dizer que eu tô numa errada. É, é isso?

– Claro, é isso, sim! – respondeu Maurício.

E com voz desesperada, prosseguiu:

– Gosto de você, amigão. Você está se matando!

- Olha, Maurício, me deixa em paz, tá legal? - Renato continuou nervoso. - Se liga! Também gosto de você, você é gente boa, não quero machucá-lo...

E baixando os olhos, continuou:

- Estou arrependido de ter convidado você para ir à festa do Rodrigo. Agora já está feito, você já sabe, mas eu não quero você metido nisso, entendeu? Vai embora enquanto é tempo, volta para o seu mundinho, que eu fico aqui sozinho no meu...

- Não, eu não vou deixar você sozinho. Por favor, Renato, vamos conversar, por favor... A gente prometeu ser amigos para sempre. Você já esqueceu?

Os olhos de Renato se encheram de lágrimas.

- Tudo isso é bobagem, esquece isso - disse amansando o tom de voz.

- Por favor, Renato, por favor...

Renato cedeu, ao observar o rosto amigo de Maurício.

- Aí, galera, se adianta.

O grupo se entreolhou e foi saindo devagar.

- Vamos andar um pouco - pediu Maurício.

Renato o seguiu vacilante. Desceram pela rua do colégio.

- Por quê, Renato, por quê?

- Ora, eu não te devo satisfações. Você tem alguma coisa a ver com a minha vida?

- Eu tenho sim, eu gosto de você!

Renato exibiu uma expressão diferente no rosto. Parecia sentir medo, um medo profundo.

– Maurício, me deixe em paz, por favor. Esse negócio de sentimento, de amizade, não fica bem comigo, não cola...

Renato parou e escondeu o rosto entre as mãos. Maurício percebeu que ele chorava.

– Renato, calma. Sou seu amigo. Eu me importo com o que acontece com você. Fale comigo. Vai ser bom pra você. Fale comigo...

Renato não aguentou mais. Maurício tinha razão. Ele estava engasgado.

– Eu sei, eu sei. Você é legal! – Renato tinha os olhos úmidos.

– Há quanto tempo, Renato, quanto tempo?! – perguntou Maurício interessado.

Renato gaguejou na resposta.

– Há quase... dois anos.

– Mas você só tem dezesseis...

Renato continuou com dificuldade:

– Maurício, a gente é pego de surpresa. Quando percebe, já está dentro. Aí, fica para sempre.

Maurício abraçou-o, desesperado.

– Não, não pode ser. Nada é eterno. Existe um caminho.

– Para a droga não, Maurício. A droga é um caminho onde é muito difícil ter volta.

Depois de algum tempo, continuou com voz triste:

– Sei muito bem com o que me meti. Também gosto

de você. Você sempre me tratou muito bem, me deu amizade, compreensão. Sai fora disso. Você tá em outra. Tem família, gente que o ama. Eu não, eu já estou perdido. Para mim, não existe mais nenhuma chance.

Maurício ainda enxugava as lágrimas, quando Renato se afastou cambaleante.

Depois de caminhar alguns passos, voltou-se repentinamente:

- Maurício, se afaste de mim, volte para o seu mundo. Vai ser melhor para você. Vai chegar um tempo em que eu não vou mais poder te proteger.

Maurício viu o amigo dobrar a esquina feito um espectro. Renato inegavelmente precisava de ajuda. Mas, sozinho, ele não poderia ajudá-lo. Maurício precisava contar com mais alguém. Mas com quem?

9. Revelando o segredo

– Moisés, preste atenção. Eu preciso lhe contar uma coisa.

Moisés, que lia um livro recostado na cama, inquietou-se com a ansiedade do irmão mais novo.

– O que foi, Maurício? Fale logo!

Maurício estava pálido e nervoso.

– É o Renato...

– O que é que tem o Renato?

– O Renato é viciado em drogas!

Moisés quase perdeu a voz e, como sempre, arriscou um palpite.

– Eu sentia algo no ar, eu sentia...

– Moisés, nada de repreensões – disse Maurício. – Não

foi para isso que vim procurá-lo. O Renato está sozinho, precisando de ajuda, e eu precisava desesperadamente dividir isso com alguém. Você, além de meu irmão, é meu amigo. Por favor, não conte para os nossos pais. Eles vão querer que eu me afaste do Renato, e é justamente agora que ele mais precisa de amigos de verdade.

- Mas você não deve se envolver nessa história sozinho, meu irmão - ponderou Moisés.

- Eu sei, eu sei. É por isso que estou lhe contando. Precisamos ajudá-lo. Duas cabeças pensam melhor que uma!

Desta vez foi Moisés quem ficou pálido, nervoso.

- Não sei se nós dois sozinhos teremos força para ajudá-lo, Maurício. O envolvimento com as drogas é algo muito sério, terrível e perigoso!

Maurício se entristeceu. Naquele dia, havia acordado com um sentimento estranho, uma tristeza esquisita. No pé em que as coisas estavam, ele não sabia se ainda havia tempo para ajudá-lo.

Súbito, o barulho do telefone fez dona Lourdes chamar da ponta da escada.

- Maurício, Moisés. Atendam aí na extensão.

Os irmãos se entreolharam, mas foi Moisés quem pegou o telefone.

A notícia pegou os dois de surpresa.

Era Breno. Renato fora internado às pressas, com graves problemas respiratórios. Pedira para chamar Maurício.

Moisés foi com ele.

Uma tia de Renato, que havia providenciado a internação, recebeu-os com olhar assustado, indicando-lhes o número do quarto do sobrinho.

Renato estava jogado no leito. Seus olhos tristes revelavam a dor de uma alma em conflito pela fuga de si mesmo.

Ele esforçou-se para sorrir, estendendo a mão ao amigo.

- Oi, Maurício...

- Oi, Renato. O que foi que houve com você? - perguntou, abatido.

Moisés aproximou-se também.

Dessa vez, Renato não se importou.

- Obrigado por ter vindo. Você foi legal!

A um sinal de Renato, Maurício sentou na beira da cama.

- Maurício, preciso de sua ajuda. Estou desesperado e só conto com você.

Os dois irmãos trocaram olhares preocupados.

- Está bem, pode falar. Se eu puder ajudar - disse Maurício.

Renato pediu que ele se aproximasse mais. Precisava falar baixinho para que ninguém os ouvisse.

- Estou enrolado. Preciso pagar uma dívida alta a um cara chamado Fininho, antes que ele me apague.

Moisés, que só ouvia, interrompeu intrigado:

- E quem é o Fininho?

- É quem nos fornece o material. Vá procurá-lo, por

favor, Maurício - pediu Renato com dificuldade, com a voz entrecortada; seus olhos estavam fundos e sombrios.

Depois, tomando imenso cuidado para se certificar de que ninguém mais os ouvia, abriu a gaveta da cômoda e retirou um cheque que entregou a Maurício discretamente.

- Você entrega a ele por mim. Diz que foi tudo o que consegui.

- Mas eu não sei se... - disse Maurício, interceptando seus pensamentos.

- Maurício, escuta, eu tenho muito medo do que ele e o seu bando possam fazer contra mim, contra a minha família...

E, retirando da gaveta a foto de uma criança, continuou:

- Meus pais voltam ao Brasil na semana que vem, e minha mãe vai trazer a minha irmãzinha Isabelle, que é criada pelos meus avós.

E com voz sutil, prosseguiu:

-Tenho muito medo, Maurício. Essa gente é perigosa. São capazes de tudo, de qualquer coisa...

Moisés reagiu, nervoso:

- Ele não tem nada a ver com isso. Ele não vai, não vou deixá-lo ir.

Maurício olhou-os com firmeza. Moisés se calou; sabia que não havia mais nada a fazer. Maurício estava disposto a ajudar Renato, custasse o que custasse.

- Você promete que vai me ajudar? Promete? - pediu Renato, segurando as mãos do amigo.

Maurício ainda tinha inquietude no olhar, mas tentou ficar calmo.

– Claro, Renato, fique tranquilo. Prometo que vou tentar!

10. Fininho

Fininho morava num bairro afastado, no subúrbio. Tiveram que pegar um ônibus e depois um trem, que os levou a uma estradinha de terra, no final de um extenso matagal.

Moisés e Maurício, para ajudar Renato, tiveram que fazer algo com o qual não concordavam, que era mentir para os pais; se eles soubessem, jamais permitiriam que os dois se envolvessem em tamanha aventura.

O sol estava causticante. Era um sábado, e os dois, alegando ter de fazer uma pesquisa para um trabalho da escola, saíram bem cedo à procura do lugar.

Quando perceberam estar chegando perto, foram interceptados por dois moleques que empunhavam armas.

– Qual é, meu chapa, onde é que vocês pensam que vão?

– Nós queríamos falar com o Fininho – respondeu Moisés, tomando a frente do irmão.

Um dos garotos, que devia ter a idade de Maurício, falou, dirigindo-se ao menor, que devia ter por volta de nove anos, mas que tinha um olhar feroz e demonstrava saber manejar muito bem uma arma.

– Lug, leve eles lá no chefe! – e antes que o garoto se adiantasse, complementou: – Mas antes, põe a venda nos olhos deles!

– Ah, assim não, meu camarada – reagiu Maurício. – Eu não vou deixar você tapar os meus olhos, não.

– Então nada feito, pode voltar! Você acha que a gente vai entrar nessa? – retrucou o rapaz.

Moisés e Maurício acharam que era melhor concordar. Com muito medo, deixaram que o menino lhes pusesse a faixa preta para, depois, se deixarem conduzir por uma subida íngreme, um morro, que desembocava no final da estrada.

Os dois irmãos, com passos vacilantes, tentavam apoiar um ao outro, o que não acontecia com os meninos, que pareciam caminhar sobre nuvens, tal a ligeireza com que o faziam.

Ao chegar, foram liberados de suas vendas. Estavam em frente a um barraco, cuja porta era vedada por uma cortina plástica e colorida.

O garoto gritou uma senha, e uma voz respondeu do interior:

- Entra!

Moisés e Maurício ficaram surpresos.

O barraco parecia um verdadeiro arsenal militar, com armas penduradas por todos os lados.

Fininho também era um menino. Não devia ter mais que dezessete anos. O rosto moreno, sisudo e imberbe, estava escondido sob uma máscara de meia azul, feita da própria camisa, que continha vivos olhos negros, que os encaravam com surpresa e ferocidade.

Foi Maurício quem falou, vencendo o mal-estar:

- Trouxemos um cheque do Renato!

Fininho brincou com a arma que trazia na cintura. Maurício e Moisés sentiram que o gesto fora feito apenas para intimidá-los. Rolou a guimba de um cigarro na boca.

- Ah, o Renato. Cadê ele?

- Está muito mal no hospital - respondeu Moisés arrancando o cheque das mãos do irmão.

- Vê logo se está tudo certo, que a gente quer dar o fora...

- É mesmo? - disse Fininho pegando o cheque.

O sorriso era cínico. Cuspiu no chão ao ver o valor.

- Diz ao Renato que vou ficar aguardando o resto do dinheiro. Isso aqui não é nada, é mixaria para um cara cheio da grana que nem ele. Vocês não acham?

- Eu não sei de nada - disse Moisés, baixando os olhos.

- É, nós só viemos trazer o dinheiro - afirmou Maurício. - Viemos fazer um favor.

Fininho não gostou. Gritou, colérico.

- Pois então, da próxima vez, nada de cheques. Quero dinheiro vivo, entendeu? E além do mais, nem sei se esse cheque é quente.

Os dois ficaram assustados. Fininho, com sua experiência, e vendo que os dois estavam muito nervosos, retirou a arma da cintura e a encostou na cabeça de Maurício.

- Você quer que eu acredite que você só veio trazer o dinheiro. Que papo furado é esse? Pra mim, você também está metido no lance!

- Não, não - falou Moisés. - Abaixa essa arma, cara. Nós não temos nada a ver com essa história.

- E por que tanto interesse? - disse Fininho, com frieza, abaixando a arma, mas satisfeito com o resultado que causara. Maurício suspirou aliviado.

- Nós já dissemos. O Renato está internado, muito mal no hospital e não pôde vir. Não temos nada a ver com a distribuição da droga. Só estamos ajudando o Renato, porque ele é nosso amigo.

Fininho encarou os dois irmãos com olhar curioso. Engraçado aquilo! Os carinhas pareciam gente boa, bem vestidos, não pareciam garotos de rua, largados. Isso era bom, ter amigos, alguém que se importasse com a gente, que nos ajudasse. Ele nunca tivera ninguém. Tinha sido sozinho, vivia sozinho. Ele e a vida. Ou melhor, tudo o que ele conseguira retirar dela.

Fora criado ali no morro, nunca conhecera outra vida além daquela, daquela dor, daquela pobreza.

A mãe, não conheceu. Ela morreu quando ele nasceu. Da lembrança dela, só um retrato velho e rasgado que herdara da avó. Esta o criara e também havia morrido alguns anos antes.

Fininho, ou melhor, Júlio César, ficara entregue a sua própria sorte. Sozinho, tinha que sair todos os dias para fazer pequenos furtos e entregar todo o dinheiro ao pai, um alcoólatra que o espancava todas as vezes que o dinheiro que trazia não era suficiente. Comida? Só quando o pai arrumava, além das surras que o deixavam com o corpo todo marcado.

Um dia, para seu alívio, vieram avisar que o pai estava morto, caído na subida do morro.

Uma briga no boteco lhe tirara a vida, e o menino, ao invés de chorar, respirou aliviado. Haviam se acabado todos os seus sofrimentos.

Mas, aí, a vida de Fininho começou a mudar. Tonho, o maior traficante do lugar, viu no garoto órfão a solução para os seus problemas. Precisava de um menino esperto, ligeiro, audacioso, e Júlio César era tudo isso.

Da amizade com Tonho, passou a ser o seu ajudante, e quando o chefe foi baleado numa briga entre traficantes, Júlio César, agora o Fininho, que já estava iniciado nos segredos das drogas, assumiu a liderança do tráfico, e começou a comandar a "boca" com a esperteza de gente grande, apesar de ser somente um menino.

Fininho tinha experiência, a experiência da vida. Uma vida arriscada, perigosa, que o fez sair do anonimato em que vivia. Ele agora era alguém, todos o respeitavam.

Tinha que ser forte, lutar, precisava sobreviver, e a sua vida agora era o tráfico.

Moisés e Maurício ficaram olhando para o rapaz à sua frente. Aquele era mais um ninguém que a sociedade marginalizava, escondia, e qualquer dia seria mais um a ser morto e a ter a sua foto estampada nas páginas de um jornal qualquer.

Fininho também ficou olhando os irmãos. Achou interessante como eram amigos, como se protegiam.

Fininho quase se entregou e deixou uma lágrima nascer em seus olhos. Que pena que ele não tivesse tido um irmão para cuidar dele e protegê-lo.

"Mas não faz mal", continuou a pensar, reagindo rapidamente. Cedo ou tarde, faria de um menino daqueles que o seguiam como a um Deus o seu sucessor, seu braço direito. Gostava muito de Lug, talvez um dia...

Foi Moisés quem quebrou o silêncio.

- E aí, podemos ir?

Fininho pareceu retornar à realidade daquele momento. Fungou demoradamente a fim de se livrar da coriza insistente e respondeu com o mesmo tom agressivo do começo, empunhando a arma para lembrar sua autoridade.

- Claro, pode ir. Mas não esquece. Avisa ao Renato que eu continuo aguardando o resto da grana. Com Fininho não se brinca!

Maurício e Moisés saíram rapidamente. Lug os aguardava do lado de fora para colocar novamente a venda em seus olhos.

Os dois se deixaram vendar, e enquanto desciam o morro Maurício não conseguia deixar de pensar na cena que havia deixado para trás.

Fininho, no alto de um morro, Renato em uma mansão da Zona Sul, mas nenhuma diferença importava, porque algo de muito forte os ligava: as drogas, o desespero, a solidão!

11. Professora Ione

Ione ajeitou os óculos de aro fino no rosto sem pintura e se olhou no espelho. Não se achava bonita.

Na adolescência, muitas vezes desejara ser tão bonita quanto as amigas que tinham uma vida social intensa e viviam escolhendo namorados... Agora, Ione tentava não se importar. Fingia que as achava fúteis e se lançava de cabeça nos livros, que conseguiam preencher o vazio da sua vida jovem.

Ione adorava estudar, pesquisar, conhecer mais, e entre todas as suas paixões, o estudo de biologia sempre fora o seu preferido. Por causa disso, quase nunca era convidada para festas, passeios com outros jovens de sua idade, sempre estudando, trancafiada em casa.

Ione não podia reclamar. Os livros, além de preencher suas horas vazias, tinha dado a ela o conhecimento da vida, de uma vida que não vivera, mas que conhecia através das palavras.

Ione tornou-se professora. Não se casara. Tivera um caso de amor, uma paixão intensa lá pelos vinte e cinco anos de idade, mas um dia ele a trocou por outra, fazendo com que tivesse forte crise depressiva e ficasse internada, até se recuperar do duro golpe que quase destruiu sua vida.

Ricardo significou o início e o fim de tudo, e a vida pareceu perder totalmente o sentido. Se não fosse pela intervenção de amigos, talvez ela tivesse se lançado ao suicídio, tal a dor emocional que sofrera.

Quando estava se recuperando, procurou um psicólogo, fez terapia, mas nada conseguiu superar o vazio intenso que habitava a sua alma ferida, o vazio que trazia.

Até que um dia uma amiga lhe falou de algo que novamente mudaria sua vida - desta vez para melhor.

- Ione, estou frequentando uma Casa Espírita. Você não quer vir comigo?

Ione reagiu mal.

Casa Espírita? Jamais havia frequentado ou ouvido falar de uma Casa Espírita. Fora criada sem religião, apesar de muitas vezes ter desejado possuir uma fé que a ajudasse a vencer o mal que havia se abatido sobre ela.

Não que fosse preconceituosa, mas não gostava dessas coisas de espiritismo, de espíritos, dessa afirmação de que vivos poderiam falar com mortos.

- Não é nada disso, não existem rituais - respondeu a amiga. - São palestras, estudos e passes que, com certeza, farão você melhorar dessa crise que está vivendo e dessas ideias malucas que estão na sua cabeça. Pense bem, se você quiser...

Ione resolveu aceitar o convite de conhecer as reuniões, a princípio por curiosidade, para saber como era, mas depois aquilo tudo foi mexendo demais com ela. Dentro daquele mundo novo que se descortinava à sua frente, encontrou respostas para as suas perguntas, perguntas estas que trouxera sufocadas dentro de si durante tantos anos.

Ione estudou, e como em tudo o que fazia procurava ir até o fundo, conheceu mais e com o passar do tempo tornou-se uma trabalhadora atuante. Preferiu o trabalho com os jovens e ficava altamente gratificada, porque na escola em que lecionava também lidava com jovens e seus problemas, e os ensinamentos e estudos feitos por ela na Casa Espírita muito a ajudaram a enxergar, em cada um daqueles meninos (alunos de um colégio de classe alta), jovens sozinhos, solitários, sem o calor dos pais, corações carentes de afeto e proteção, espíritos imortais em sua trajetória evolutiva.

Jovens bem vestidos que chegavam com motoristas, mas vindos de famílias desinteressadas, onde em sua maioria eram apenas filhos carentes, vivendo de forma solitária, órfãos entre quatro paredes, que vagavam pela vida à espera de carinho e da aceitação que o mundo poderia lhes dar.

Ione, que não tivera seus próprios filhos, afeiçoara-se a eles. Podia-se até dizer que os amava a seu modo e, todos os dias, prometia a si mesma que, de alguma forma, conseguiria ajudá-los, plantando algo de bom em seus corações, uma pequena semente que fosse, que, com certeza, frutificaria no momento certo.

Assim era também com a turma de Renato e Maurício, considerada pelos professores e até pela direção do colégio como uma das mais difíceis; meninos agressivos, rebeldes e assustados que estavam sem regras e que precisavam de alguém que pudesse direcioná-los.

Ione recebeu-os no princípio com medo, mas com o firme propósito de ajudá-los a crescer em suas dificuldades. Soubera disso desde o primeiro momento em que os vira.

• • •

Naquele dia, a turma estava quieta, comportamento bem diferente do habitual.

Ione olhou-os fixamente. Talvez estivessem assim porque já soubessem do que havia acontecido com Renato, que fora novamente internado em estado grave, por causa de uma overdose no dia anterior.

Ione iniciou a aula devagar, mas todos aqueles rostos que estavam à sua frente pareciam ausentes.

A professora falava sozinha, para um grupo de fisionomias apáticas.

Maurício também se sentia diferente e assustado. Olhou para os outros jovens que, ele sabia, também se drogavam. Alguns baixaram os olhos tentando esconder o que lhes ia na alma, outros simplesmente o fitaram com seus olhos ausentes e vazios.

Era tudo tão claro! Meu Deus, era tudo tão claro! Por que será que ninguém via, que os pais não viam? E os professores? Os sintomas eram evidentes: olhos injetados, vermelhos, ora estagnados, às vezes ausentes. Por que será que os adultos não viam? Não viam ou não se importavam? O que será que significava para eles aqueles rostos sem alma?

Maurício tentou de todas as formas disfarçar as lágrimas. Não conseguia deixar de pensar em Renato, seu melhor amigo. "Meu Deus, Renato está morrendo"...

Ione também os observava enquanto aguardava que resolvessem os exercícios de aula. Seus olhos se detiveram em Maurício, que rabiscava seu caderno de cabeça baixa. Estava tão apático, diferente. Em que será que pensava? Maurício e o irmão Moisés, tão quietos, estudiosos, moravam há algumas quadras de sua casa. Bons meninos!

Os olhos de Ione continuaram a percorrer a sala; Dinho, o tímido Dinho, tão machucado e escondido dentro de si (precisava de ajuda psicológica, com certeza), Breno, tão impulsivo, Douglas, tão questionador, André, com músculos fortes e paciência pequena (estava sempre metido em confusões, agredindo os colegas, conseguindo as coisas pela força), as gêmeas Alícia e Fabiane, jovenzinhas tão frágeis, tão acuadas, tão tristes... Qual delas, ou será que todas as duas, estaria envolvida na mesma vida que Renato, a quem sempre achara diferente?

Ione suspirou e deixou que o seu silêncio passeasse por cada rosto solitário que estava à sua frente. Como gostaria de se aproximar mais, conversar, saber um pouco mais de cada um. Ela até que tentava, mas sabia que não era o bastante. Ainda sabia pouco, muito pouco daqueles rostos assustados e tristes. Mas eles eram tão arredios, tão donos de si. Tudo tão diferente da teoria aprendida no curso de formação de professores. E Ione precisava tanto acertar, se esforçava tanto para fazer o melhor.

Não se preocupava apenas em transmitir conhecimentos, mas sim em ajudar a formar cidadãos para a vida. Por isso, achou que deveria mudar o curso da aula, abordar o assunto.

Mas, como começar? Talvez falando de Renato, do que acontecera a ele, do quanto aquele mundo os afetaria. Com certeza, ela os impactaria, e muitos que ainda não haviam começado naquela vida repensariam as suas atitudes. Qual seria a reação? Na certa, pensariam que ela sabia algo além do que aparentava. E ela precisava tentar. Por isso, foi num verdadeiro ato de coragem que ela começou.

– Sei que hoje a nossa tristeza é imensa, não só a de vocês, mas a de todos nós. Estamos perdendo o nosso Renato!

Alguns rostos continuavam parados, estáticos, mas a maioria levantou os olhos de seus exercícios, surpresos com a abordagem da professora. Ela continuou:

- Sim, é a mais pura verdade! Enquanto estamos aqui, acuados, estagnados, inertes, estamos perdendo o nosso Renato e tantos outros Renatos que estão por aí, no anonimato dos caminhos da vida, para o mundo das drogas, dos vícios, do desrespeito e da degradação.

E antes que eles pudessem dizer algo, ela continuou:

- O vício é algo horrível, devastador. Todos os tipos de vícios.

Os olhos continuavam parados, fitando-a fixamente. Ione retomou, inflamada:

- Quem aqui já bebeu em festinhas, mesmo socialmente?

Todos se entreolharam, espantados. Não estavam entendendo aonde dona Ione queria chegar.

- Quem? - insistiu Ione.

Alguns responderam afirmativamente. E a professora continuou:

- O primeiro gole, a primeira tragada, é a condição para sermos aceitos no grupo de amigos, não sermos diferentes. Seria, por assim dizer, o nosso ritual de iniciação, não é verdade?

O silêncio era total. Depois de algum tempo, ela continuou:

– Sei que também alguns de vocês fumam. O fumo é altamente venenoso. Vocês sabiam que uma gota de nicotina pode matar um pombo em poucos segundos?

As palavras de Ione continuaram firmes.

– Vários tipos de câncer são causados pelo hábito do fumo, e o aumento dos casos vem impressionando a Organização Mundial de Saúde. E o álcool, então? Seu uso constante causa inúmeros danos à saúde, atacando diretamente as células nervosas e causando sequelas irreversíveis.

Ione engoliu em seco, buscando forças para prosseguir.

– E quanto às outras drogas, temíveis, grande destruidoras de vidas. Quase sempre, a relação que o usuário estabelece com as drogas torna seu uso um hábito difícil de se romper sem orientação profissional; é difícil romper a ligação psicológica que se estabelece entre uma pessoa e todo o contexto de uso da droga.

Os olhos continuavam surpresos. Aquela professora sabia coisas demais.

E Ione prosseguiu com voz incisiva:

– Mas a escolha é de vocês, ou melhor, a escolha é de todos nós, e deve ser a de nos mantermos íntegros e confiantes, e de mantermos nosso corpo o mais saudável possível.

Ione descobriu, dentre eles, alguns olhinhos interessados e brilhantes. Pareceu-lhe que naquele momento se fez uma ligação que nunca antes se fizera.

Animada por essa descoberta, Ione retomou o assunto, esforçando-se para transmitir a eles o apelo que continham aquelas palavras.

– Gosto de vocês, me preocupo com vocês e desejo sinceramente que a escolha de vocês seja viver, viver em paz, viver em amor, gerando felicidade e ofertando felicidade a todos aqueles que os amam.

Ione quase não conseguiu terminar. Sentiu-se tonta, sentou-se. As palavras fluíam de seus lábios, sem que ela assim o quisesse, e ela teve a certeza de que havia sido altamente inspirada para dizer a eles tudo aquilo.

Maurício também ficou surpreso. Fechou os olhos e agradeceu a Deus intimamente por aquela oportunidade.

A aula havia sido muito boa, ou melhor, especial. Parece que fora Deus que fizera a professora falar daquela maneira, dar aquele alerta, aquele esclarecimento para os meninos a quem ele sabia que ela tanto amava.

Maurício percebeu que a professora Ione tinha as melhores intenções. Acreditava que ela, que julgava uma pessoa sensível e interessada, sabia que ali, bem pertinho dela, existiam jovens tristes e perdidos, contaminados por aquele grande mal.

12. A morte de Renato

No dia seguinte, a notícia estourou como uma bomba na entrada do colégio, entre o grupo de jovens que conversava ruidosamente.

– E aí, Maurício, e aí, Moisés?

– Oi, Dinho, olá, Breno – responderam Maurício e Moisés.

– Vocês já sabem? – perguntou Priscila, adiantando-se.

– Já! Soubemos de madrugada. O Renato morreu! – disse Maurício com a voz embargada. – Ele piorou muito e, além do mais, estava muito nervoso porque vinha recebendo ameaças.

– Tudo isso estava mexendo demais com a cabeça dele

- arrematou Moisés com a voz grave.

Dinho, que estava sofrido e caladão, encostou no muro alto com olhar triste. Parecia que o mundo havia desabado sobre a sua cabeça. E agora, o que fazer sem a amizade de Renato? Renato era o seu apoio, o seu esteio, sua cabeça pensava pela dele. Agora Dinho já conseguia se sobressair, conversar mais. Tinha até saído com algumas garotas que Renato lhe apresentara. É claro que o preço fora alto, ainda estava sendo, mas essa dor estava doendo demais no coração de Dinho.

Moisés se entristeceu com a desolação do rapaz. Bateu-lhe carinhosamente nos ombros, que pareciam conter toda a dor do mundo.

Dinho só conseguiu balbuciar, balançando a cabeça desordenadamente:

- Ele era meu amigo, cara. Ele era meu amigo...

Os outros foram chegando devagar. O clima era triste e melancólico.

Moisés e Maurício, assumindo a liderança, ficaram à frente da reunião de jovens.

- O que me preocupa - disse Maurício, disfarçando um pigarro nervoso - é que agora eles vão pegar no nosso pé. Sabem que somos da turma, somos amigos do Renato.

- A gente precisa arranjar esse dinheiro o mais rápido possível - disse Douglas.

Ana, a menina da festa e de quem Maurício não tirava os olhos, teve uma ideia.

– E se a gente fosse falar com os pais de Renato?

– Meus tios já voltaram da viagem? Vivem viajando o ano inteiro – falou Rodrigo, primo dele, acendendo um cigarro com mãos nervosas.

– Eles chegarão para o enterro. Foram buscar a Isabelle, a irmãzinha do Renato – respondeu Alícia, enroscando uma mecha do cabelo negro e azulado que lhe caía sobre os ombros.

– Então, está combinado – disse Maurício aumentando o tom de voz. – Amanhã mesmo eu e o meu irmão iremos falar com os pais de Renato.

Breno, que estava um pouco afastado do grupo e que se mostrava completamente alcoolizado, reagiu zangado, gritando para que todos ouvissem:

– Qual é? Não tem nada a ver vocês dois irem lá. Eu não confio em vocês. Vocês sabem demais.

E dirigindo-se ao grupo, perguntou:

– Vocês confiam neles?

Os jovens ficaram calados, mas foi Maurício quem tomou a palavra, se sentindo importante.

– Vocês não têm escolha. E, além do mais, foi em mim que o Renato confiou para levar o dinheiro do Fininho.

– É mesmo, ele tem razão – falou André. – Ele se arriscou da primeira vez.

– Claro! Eles são legais – disseram outros.

Maurício continuou:

– Fiquem tranquilos, nós vamos conseguir. Eles são

ricos, têm muito dinheiro...

- Nós explicamos a situação - acrescentou Moisés, animando-se.

Os outros concordaram com o olhar.

- Então, vamos andando - falou Maurício a Moisés, que o aguardava.

Ana aproximou-se devagar.

- Boa sorte, "anjo Maurício".

Maurício sorriu timidamente.

- Tá legal, eu e o Moisés agradecemos.

Moisés sorriu também e enquanto caminhavam para casa, Maurício e Moisés pensavam em como poderiam ter se envolvido com tudo aquilo, com aquela grande loucura. Mas, agora, não tinha mais volta. Não dava mais para recuar.

• • •

No dia seguinte, logo que saíram da escola, os dois irmãos voltaram à casa de Renato.

Foram recebidos pelo mesmo empregado frio e polido de sempre, que relutou bastante para deixá-los entrar.

- Os patrões pediram para não serem incomodados - disse ele aos rapazes, que demonstraram a decepção no olhar.

- Por favor, é importante - insistiram eles. - Precisamos falar com os pais de Renato, é urgente!

Já se haviam passado mais de vinte minutos, quando ele voltou:

- Acompanhem-me, por favor! Os patrões concordaram em receber vocês dois.

Os dois irmãos estavam tensos e ansiosos ao atravessar aquelas alamedas já conhecidas. Eram portadores de um assunto grave, de uma missão (para eles); se antes não tinham nada com aquilo, agora estavam envolvidos com a "podridão", somente para ajudar os amigos.

E, além do mais, eles nem sabiam qual seria a reação dos pais de Renato. Eles deveriam estar sofrendo muito, coitados! Maurício se lembrou de dona Lourdes.

Por sorte, ela e doutor Geraldo não haviam desconfiado de nada, porque, se soubessem, os irmãos não poderiam agir livremente. Estavam se sentindo mal com isso: sabiam que filhos não devem mentir para os pais, mas o que fazer? Aquela era uma missão importante. Talvez a mais importante de suas vidas.

Entraram. O empregado os fez esperar em uma grande sala de jantar.

Depois de alguns minutos, o pai de Renato desceu as escadas. Era um homem alto e magro, que apesar de bem trajado parecia alquebrado pela dor que sentia.

Logo após, apareceu a mãe, também imensamente abatida e com os olhos muito infelizes.

- O que desejam? - disse o homem indicando uma cadeira para que se sentassem.

- Vocês são amigos de meu filhinho, meu pobre filhinho? - perguntou a mãe num soluço.

Os irmãos ficaram tímidos e sem jeito por estarem ali, num momento de dor para aquela família, mas era necessário que assim fosse - temiam pela segurança deles.

Foi Maurício quem começou:

- Senhora, gostaríamos que nos desculpasse, mas é mesmo um assunto muito sério. Só por isso viemos incomodá-los neste momento.

Moisés balançou a cabeça afirmativamente.

O pai de Renato tomou a palavra.

- E que assunto pode ser tão sério para nos incomodar em nossa dor?

Os dois irmãos viram então como eles eram frios e objetivos.

- Senhor - continuou Maurício com receio - na semana passada fomos, a pedido de seu filho, procurar um traficante perigoso do Rio de Janeiro para acertar com ele uma dívida, mas infelizmente não tínhamos todo o dinheiro.

- É verdade, senhor - revidou Moisés. - Ele é um traficante que tem fama de ser violento, e com certeza não vai hesitar em fazer algum mal a vocês se o dinheiro não aparecer.

Foi Maurício quem continuou, tenso:

- Infelizmente, quando nos envolvemos numa situação dessas, as consequências podem ser altamente perigosas.

O senhor Munhoz, pai de Renato, encarou-o mudo. A mãe simplesmente chorava, abraçada a um retrato do filho.

Maurício, com cuidado, dirigiu-se a ela:

- Por favor, senhora. Fale com seu marido. Pense em sua família, em sua filha. Já chega o que houve com o Renato!

O pai de Renato deixou extravasar toda a sua dor, gritando:

- Vocês estão loucos, só podem estar loucos! Meu filho não era um viciado, não era! Eu dei tudo a ele, dinheiro, conforto, procurei suprir todas as suas necessidades. Ele não faria isso conosco, ele não iria nos trair...

A mãe de Renato interveio, nervosa:

- A culpa não é dele, a culpa é sua! Eu sempre disse a você que esse menino precisava de um pulso forte, de regras, que estava muito solto, largado, mas você nunca ligou. Só se interessava pelas suas reuniões de negócios, pelo seu trabalho, em amealhar cada vez mais dinheiro na sua conta bancária.

O senhor Munhoz, investindo contra ela, deixou que a ira tomasse conta de suas palavras:

- Você ousa me culpar pela desgraça do nosso filho, pela nossa desgraça? Você pensou nele quando viajava pelo mundo com as suas malditas vaidades? Você, com as suas futilidades, deixou sua própria filha vivendo com os seus pais para que ela não a atrapalhasse, não soube ser mãe, só pensava em você, no seu bem-estar...

- Oh, meu Deus - gemeu a mãe, jogando-se pálida em uma cadeira perto da janela.

Maurício se entristeceu. Viu no semblante daquela

mulher o rosto da sua própria mãe, como se fosse ela a vivenciar uma situação daquelas.

"Que Deus tenha piedade dela", pensou, emocionado. Como tudo tinha acabado mal. Eles estavam tão feridos e tão doentes, que não conseguiam sequer se apoiar um ao outro, em sua dor comum.

Maurício aproximou-se dela e lhe tomou as mãos trêmulas entre as suas. Um enorme sentimento de pena o envolveu. Pobre mãe!

A jovem senhora aceitou-as e ficou olhando fixamente para ele, talvez tentando recuperar em seu rosto o olhar do filho perdido.

Talvez estivesse esperando ouvir dele que tudo aquilo era mentira, que era somente um pesadelo e que o seu Renato brevemente voltaria para casa.

Renato, o seu menino. Sentiu-se tão culpada, tão ausente. Quantos momentos bons havia desperdiçado sem estar ao lado do filho querido, quantos sorrisos! Mas ela quisera viajar, descobrir coisas novas. Isso significava para ela um enorme prazer, apesar de saber que era criticada em suas atitudes. Mas quem poderia condená-la, quem? Quem pudesse, que a ensinasse como fazer, como teria sido. Talvez pudesse mesmo ter sido diferente...

– Perdão, meu Deus, perdão – conseguiu balbuciar entre lágrimas e, olhando para Maurício com olhar dementado, concluiu: – Ah, meu menino, cuidado. Fuja de tudo isso! O meu pobre filho não conseguiu se salvar.

Dizendo isso, levantou-se e subiu correndo as escadas.

Maurício dirigiu-se novamente ao homem desesperado que tinha à sua frente.

- Senhor, precisamos de sua ajuda. O senhor deve estar aborrecido com a nossa insistência, mas é muito importante.

O homem meneou a cabeça, confuso.

- É verdade! - assumiu Maurício. - Não somos viciados. Somos amigos de seu filho e juramos a ele em vida que iríamos ajudá-lo.

- Meu pai sempre nos ensinou que um homem de verdade deve ter palavra, então... - retrucou Moisés.

- Senhor, é verdade - continuou Maurício. - Levamos metade do dinheiro para o Fininho, mas ele foi bem claro. Continua aguardando o resto do dinheiro, senão a família do Renato correria perigo.

A reação do senhor Munhoz foi brusca.

- Eu não quero mais ouvir falar nesse assunto. Minha mulher não dorme, não come. Minha filha chora dia e noite. Eu estou desesperado. Por favor, nos deixem em paz, nos deixem sozinhos em nossa dor!

O criado frio e estranho apareceu para conduzi-los até o portão.

Moisés e Maurício se retiraram cabisbaixos. O que fazer? Haviam falhado naquela importante missão, mas, ainda assim, todos corriam perigo! Uma solução urgente precisava ser tomada.

13. Novas decisões

Na manhã seguinte, os dois irmãos, cabisbaixos e tristonhos, foram cercados pelo grupo na esquina próxima ao colégio.

– Não deu certo – falou Maurício, nervoso. – Os pais de Renato não acreditam, ou melhor, não aceitam que o Renato era dependente químico.

– E quase nos expulsaram da casa – respondeu Moisés, que também se envolvera com toda aquela situação, somente para ajudar o irmão e não deixá-lo sozinho em sua resolução de ajudar Renato.

– Cara, que falta de sorte! O que é que nós vamos fazer agora? – esbravejou André, exibindo os punhos em riste.

– Você luta karatê, André, você é forte – disse Alícia

aproximando-se do rapaz. - Você podia resolver isso na força, dando uma boa surra no Fininho...

- E se tornando um homem morto. Você enlouqueceu? Você pensa que é simples assim? - disse Breno, mascando nervosamente um chiclete que retirou do bolso da camisa.

- Calma, vamos pensar, galera - disse Ígor. - Não admito que vocês fiquem com essas caras de...

- Derrotados! - atalhou Moisés, sentando-se num banco. - Qual é a nossa chance?

- Calma, gente, sem nervosismo. Agora, uma coisa é certa: nós temos que arranjar essa grana, senão o Fininho vai arrebentar com a gente - afirmou Douglas.

Moisés sacudiu Maurício pelos ombros.

- Eu te falei, eu te falei - concluiu nervoso. - Por que é que nós fomos nos meter nisso?

Priscila se pôs à frente de Moisés e perguntou, com olhos infantis:

- Você vai dedurar a gente?

Moisés levantou-se de um salto.

- Não! Claro que não! Mas eu me arrependo de ter entrado nisso e ter deixado o Maurício se envolver.

- Calma, Moisés. Vai dar tudo certo - disse Maurício abraçando-o. - Fique calmo!

- Moisés está certo, gente - disse Ana, lançando olhares furtivos ao rapaz. - Ele está metido nessa fria e não tem nada a ver com isso. Ele só foi lá fazer um favor ao Renato, ou melhor, a todos nós.

- Agora não adianta nada disso. Nós temos um problema e temos que resolvê-lo - arrematou Breno, que também se mostrava muito nervoso.

- O Breno tem razão - disse Priscila, pedindo um cigarro a André.

- E quanto ao Fininho? - perguntou André movimentando os músculos que saltavam para fora da camisa.

- O cara está certo, vai querer o dele - disse Fabiane, aproximando-se. - A gente sabia muito bem onde estava se metendo.

Maurício lembrou do rosto de poucos amigos que ele já conhecia bem.

- É verdade. Fininho não vai querer ficar no prejuízo.

- Nós vamos ter que nos reunir e arrumar esse dinheiro - disseram Alícia e Fabiane ao mesmo tempo.

- É, vamos ver quanto cada um pode arrumar - disse Rodrigo, preocupado.

- Seja lá de que jeito for - disse Breno abraçando Priscila com impetuosidade.

A moça segurou seu rosto com ambas as mãos e perguntou:

- O que é que você quer dizer com isso?

Breno respondeu com voz pastosa.

- Isso pra mim é fácil. Não é a primeira vez que vou ter que roubar para conseguir meus objetivos.

Priscila beijou-o levemente nos lábios.

- Não, dessa vez, não. A gente tem que ter cabeça fria. Não podemos nos arriscar desse jeito. Não se esqueça de que seu pai é a lei, é um juiz.

- Meu pai... Taí! - Breno disse, com sorriso irônico.

- Priscila tem razão - continuou Rodrigo, aproximando-se. - Precisamos agir, mas com cuidado. Não podemos levantar suspeitas entre ninguém fora do grupo ou entre nossos pais.

- Eu vou tentar dar um jeito. O difícil é descolar o dinheiro do meu velho. Mas, vou tentar... - disse Breno acelerando a moto.

- Gente, é muita grana - lembrou Moisés, que até o momento estivera calado.

- E quanto falta? - perguntou Priscila piscando os olhinhos miúdos.

- Ainda faltam três mil e quinhentos reais - respondeu Moisés.

- É mole! - respondeu Ígor. - Meu pai não quer nem saber para que eu vou precisar desse dinheiro. É só pedir e pronto!

- Então, combinado. Amanhã, todos aqui, com o que conseguirem. Depois da aula, nós vamos entregar o dinheiro ao Fininho - disse Maurício chamando o irmão para que fossem embora.

Foram para casa e não tocaram mais no assunto.

À noite, Moisés não conseguia dormir. Maurício dormia um sono agitado, nervoso.

Aquilo estava se tornando envolvente demais. Moisés não era dependente, não se drogava, mas para ajudar Renato e o irmão, havia se envolvido com algo que jamais concordara.

E seus pais, se descobrissem, o que diriam? Moisés tremia só de pensar nessa possibilidade. Jamais acreditariam neles novamente. Ele e o irmão estavam traindo a confiança deles, se expondo a um perigo mortal.

Mas já estavam envolvidos, não tinha volta. Estavam marcados por Fininho e também pela turma da escola, que sempre havia visto a amizade deles com seu líder com tremendo desagrado. Achavam que os dois, por não serem dependentes, seriam presa fácil para falar e entregá-los a qualquer momento. Esse era mais um motivo para eles provarem o contrário.

Moisés passou a noite em claro. Antes das seis, pulou da cama e despertou Maurício, lembrando a ele que não podiam se atrasar.

Dona Lourdes fitou-o demoradamente na hora do café.

– Ô meu filho, que olhos fundos, que olheiras. O que foi, não se sente bem?

– Não, não. Tudo bem, mãe. Creio que é só preocupação com a prova de matemática.

– Mas você vai se sair bem, é inteligente, estudioso... – disse a mãe afagando-lhe o rosto. Depois, dirigiu-se a Maurício: – E você querido, tudo bem?

–Tudo bem, mãe – respondeu Maurício. – Não esquece que depois da escola, vamos estudar na casa da Patrícia - disse, levantando-se rápido, antes que ela o abraçasse e a sua consciência pesasse por ele a estar enganando. Dona Lourdes acompanhou os dois até lá fora e ficou esperando que eles sumissem no portão.

Chegaram ao colégio atrasados, nervosos. As horas custaram a passar. No final da aula, o grupo se reuniu na praça.

- Boas notícias - falou Breno. - Conseguimos a grana!

Os irmãos sorriram aliviados.

- Cada um conseguiu um pouquinho - disse Douglas também sorrindo.

- Então vamos logo, não podemos perder mais tempo - lembrou Maurício, ansioso para resolver logo aquela situação.

Alguém havia lembrado de trazer uma sacola plástica preta, onde o dinheiro foi colocado.

Breno ofereceu-se para levá-los até o meio do caminho, mas eles preferiram pegar um ônibus e despertar menos suspeitas.

Fizeram o mesmo percurso da primeira vez, mas com certeza estavam mais nervosos.

- O caminho parece mais longo do que a primeira vez - reclamou Moisés.

- Acho que é a ansiedade, Moisés - falou Maurício, enxugando o suor do rosto e agarrando com sofreguidão a sacola plástica junto ao peito.

Os dois garotos que montavam guarda não os reconheceram e empunharam as suas armas.

- Nós queremos...

Lug apareceu de repente, trazendo no olhar a ferocidade de sempre.

- Já sei, o chefe está esperando.

Fininho olhou os rapazes com curiosidade. Achou-os corajosos e de palavra. Homens de verdade. Em seu mundo, onde só existia a violência, a morte e a mentira, essa era uma grande qualidade.

- Está aqui o resto.

- E não é cheque, é dinheiro. Dinheiro vivo - finalizou Moisés nervoso.

Fininho contou as notas devagar. Dirigiu-se a Maurício e olhou-o fixamente.

- Você é um cara esperto, gosta de viver!

- O Renato morreu por ter feito escolhas erradas! - falou Maurício encarando-o com firmeza.

Fininho observou os fixamente. Seus olhos brilharam de curiosidade.

- A vida me cobrou muito, não tive muitas escolhas, mas uma coisa eu sei: um homem deve ter palavra!

Um silêncio profundo se fez. Depois de algum tempo, falou:

-Tem uma coisa que eu não consigo entender: por que vocês protegem um cara como o Renato? Vocês não têm nada a ver com isso.

Maurício foi firme na resposta.

- Eu já disse. Nós éramos amigos. É o bastante.

- Amigos? - Fininho sorriu com escárnio. E retirando a arma da cintura, alteou o tom de voz: - Minha amiga é minha arma. Com ela, eu tenho o poder, conquisto o que quiser.

Os dois engoliram em seco.

- Podemos ir então? - Moisés perguntou ansioso.

Fininho acendeu um cigarro e respondeu depois de tragá-lo.

- Está tudo certo. Pode ir. Se precisar de mim, sabe onde me encontrar.

- Está bem, se precisar... - e Maurício puxou o irmão para que saíssem.

Fininho admirou a coragem dos rapazes. Ele também era corajoso.

Chamou o menino que aguardava do lado de fora.

- Lug, acompanha os dois até à saída. Protege eles, que eles são de paz!

14. Reencontro

– Oi, "anjo Maurício", não acredito!

Maurício estacou ao ver a bonita figura à sua frente.

– Ana! Que bom ver você.

– É mesmo? – os olhos da menina faiscaram.

Maurício baixou os olhos tímidos, mas conseguiu dizer:

– Pensei que nunca mais fosse conversar com você...

Ana sorriu, fitando-o ainda com olhos provocantes e sedutores.

– Mas hoje nós nos encontramos...

Maurício não conseguia esconder a felicidade que continham aquelas palavras.

– É sim, que bom! Hoje deve ser o meu dia de sorte.

Ana afastou-se dele. Mudou seu comportamento abruptamente. Seus olhos ficaram perdidos. Estavam em frente uma lanchonete próxima à escola. Moisés estava com o irmão.

– Será mesmo, "anjo Maurício", será mesmo que foi uma boa ideia a gente se encontrar novamente?

Maurício ensaiou um sorriso.

– Claro! Eu sempre a vejo na escola, no grupo de amigos de Renato, mas não tinha a oportunidade de falar com você, de me aproximar de você.

Ficando ruborizado, concluiu:

– Creio que... faltou coragem...

Ana absorveu seu silêncio e Maurício, num gesto impetuoso, segurou suas mãos. Disse gaguejando:

– Eu acho que... bem, eu tenho que lhe contar uma coisa...

Ele sempre a via no grupo do colégio, quando se reuniam para falar do Renato, mas nunca havia se aproximado como naquele momento.

– Você também é "anjo"? – perguntou Ana, quebrando o silêncio, e virando-se para Moisés, que perdeu a noção do que fazia, observando-a.

– Bem, eu... eu não sei!

Maurício sorriu e explicou ao irmão.

– É que Ana acha que nós não devíamos estar aqui nesse bar, que esse não é o nosso mundo, que...

Moisés encarou a menina, e apesar de vê-la assim tão largada, tão perdida, achou-a sensata.

Respondeu ao irmão, que esperava uma resposta.

– Eu também acho! Aliás, tenho certeza disso. Você sabe que só vim com você para não te deixar sozinho, apesar de estar me sentindo um peixe fora d'água.

Ana virou-se para Maurício, tocando-lhe o nariz com a ponta dos dedos.

– Viu como eu sempre tenho razão?

Breno se aproximou afobado.

– Maurício, você pode vir aqui um instante?

– Para quê? – Maurício ficou surpreso.

Breno continuou:

– A turma quer falar com você. Douglas tem umas coisas para perguntar sobre aquele lance do dinheiro do Fininho.

– Tá legal, se é assim...

Ana deixou que ele se afastasse e pediu em tom suplicante:

– Moisés, a gente nunca conversou antes, mas sinto que você é mais experiente. Vá embora e leve o teu irmão.

Moisés se espantou, mas respondeu com tristeza:

– Se eu pudesse garota, se eu pudesse...

E com voz de lamento, continuou:

– O Maurício se apegou a vocês, e botou na sua cabeça infantil e teimosa que quer ajudá-los a sair do vício! O engraçado é que, antes, o missionário era eu!

Ana gargalhou, enquanto aceitava um copo de vodca do garçom que passava.

– Ele é louco, Moisés. Tudo isso é muito louco, e também muito perigoso.

– Eu sei, eu sei, Ana, mas a gente já está dentro também, estamos envolvidos. Isso tudo às vezes me assusta.

Um silêncio profundo se fez. Ana parecia uma miragem. Seus cabelos claros, quase brancos, flutuaram ao vento.

Moisés havia ficado empolgado demais com a beleza da menina. Parecia tão frágil!

– Você é tão jovem, tão bonita...

Ana parecia muito mais velha quando falou:

– Seu irmão é que parece superimpressionado comigo.

– Quem não se impressionaria? Você é tão, tão diferente...

Os olhos da moça brilharam.

– Diferente? Por que diferente?

– Não sei, as suas roupas, o seu cabelo, essas tatuagens que você usa e... também... tanta maquiagem. Você parece muito mais velha do que é.

– Tenho que me defender. Se bancar a menininha ingênua, eles me engolem. O mundo é mau, Moisés, muito mau. Temos que estar sempre em guarda.

Moisés conteve o tom de voz.

– Não, não, ele pode ser bom. Basta a gente querer. Nós somos jovens. Temos o mundo inteiro pela frente.

Ana retrucou com energia.

- Vocês são dois ingênuos. Não sei de que planeta vieram!

Moisés engoliu em seco. Ana tinha razão, o que o fez perceber, com pesar, que eles sabiam muito pouco além das quatro paredes da casa de dona Lourdes e de doutor Geraldo.

- Moisés, eu não quero fazer você sofrer, eu não quero fazer seu irmão sofrer...

- Por que você está dizendo isso? - espantou-se Moisés.

- Porque ele se ligou em mim, mas eu não, entende? Eu tô em outra! Vocês são legais!

Moisés se comoveu com a sinceridade da menina.

E fazendo-lhe um carinho doce, deixou seu coração falar:

- Saia dessa vida, Ana. Você é linda!

- Você também é lindo, Moisés!

15. Romance

– Oi, princesa, cheguei tarde?

Ana, que estava distraída, assustou-se com as mãos que taparam seus olhos.

– Pensei que você não vinha. Marcamos mais cedo...

Moisés ficou nervoso, na frente dos fregueses da lanchonete.

– Eu vim de ônibus, não tenho carro ou moto, como a maioria daqueles teus amiguinhos.

– Calma, Moisés, não vamos brigar. Você fica nervoso à toa! – falou Ana, tentando contê-lo com um abraço.

Moisés sorriu, relaxando.

– Tá legal, esquece. Você quer um sorvete?

- Está bem - disse desarmando-se, você sabe que eu adoro sorvete.

Chamou o garçom, que conversava a um canto.

- Dois sorvetes!

- Qual o sabor? - perguntou o homem de meia-idade, que já estava acostumado com a freguesia jovem.

- Pode ser morango com creme.

- E para mim, passas ao rum!

Ana acariciou-lhe o rosto afogueado.

- Agora, sim, está mais calmo. Esse é o meu Moisés.

Moisés retribuiu o carinho, na frente das pessoas.

- Desculpe, gatinha. É que eu fico nervoso à toa, só isso.

Depois baixou a cabeça pensativo:

- Você sabe, eu ando nervoso, eu não tenho...

- Ah, Moisés, por que você tinha que me lembrar isso? Eu me sinto muito culpada, entende? Você está nessa por minha causa...

- Fala baixo! As pessoas estão olhando.

O garçom trouxe os sorvetes e colocou-os na mesa.

Moisés continuou olhando-a com ternura incontida.

- O que foi, Ana? Não estou entendendo. Pare de se culpar! Fui eu quem quis ficar com você, quem forçou a maior barra para a gente ficar junto. Você quase estraga tudo!

- Ah, meu amor, não liga não. É que eu ando nervosa, preocupada. Vamos andar um pouco?

- E o sorvete?

- Não quero, perdi a vontade! Vamos sair daqui?

- Está bem, se você quer...

Foram abraçados até a praia. Caminharam pela orla sentindo as ondas.

- Você ficou triste? Olha para mim...

Moisés encarou-a, apaixonado. Ana continuou:

- É que eu... eu... não consigo parar de me sentir culpada. Droga! Você está nessa por minha causa, só por minha causa.

Moisés abraçou-a bem forte de encontro ao peito. Parecia querer estancar com o seu abraço toda a dor daquele momento.

- Não fale assim. Fui eu quem te seguiu, quem procurou você insistentemente, desesperadamente.

Ana sorriu entre lágrimas. Moisés beijou-lhe os cabelos.

- Eu ficava igual a um bobo, correndo atrás de você o tempo todo, lembra? Lembra, meu amor?

Ana impetuosamente beijou-lhe os lábios.

Lágrimas escorreram desordenadamente de seu rosto.

- Eu amo você demais!

- E eu só queria que você sumisse...

- Você até pediu aos meninos para me darem um susto. Breno, Rodrigo, o André, lutador de karatê.

- Era para o seu bem. Eu não queria machucar você, eu não queria, eu não quero!

- Eu sei, eu sei...

Moisés enxugou-lhe as lágrimas com carinho.

– Mas o momento mais bonito foi quando você, mesmo machucado, gritou para eles que poderiam até matar você, mas que você me amava!

– Foi, sim, eu fui muito louco, mas é a verdade!

Ana não conseguia conter as lágrimas.

– Foi por isso que me apaixonei por você também! Acho que antes nunca ninguém gostou de mim de verdade.

– E você acha que conseguiria não se apaixonar por mim? – disse Moisés sorrindo.

– Claro que não, seu bobo!

Ana ofereceu novamente os lábios, que Moisés beijou com carinho.

– Namorada, minha namorada...

Ana sorriu, apertando-se mais em seu abraço.

– Você sabe que foi a primeira menina que beijei... assim... de verdade... em toda a minha vida?

– Eu não acredito! Um gato como você! Achei que devia ser cheio de namoradas.

– Antes eram só conversas assim à toa, nada de sério... Eu só pensava em estudar, fazer tudo certinho. Achava que devia obrigações ao meu padrinho por estudar num colégio reconhecido. Esforçava-me para tirar sempre as melhores notas. Estava perdendo o bom da vida. Agora...

Moisés retirou um cigarro de maconha do bolso. Enrolou-o com cuidado.

Ana advertiu-o.

– Você está bem? Agora não, pode ser perigoso!

– Qual é, Ana? Eu não sou dependente. Mas estou precisando muito de um baseado agora. Você sabe que eu não entro nas drogas pesadas; só um baseado para me sentir mais leve.

Ana continuou fitando-o confusa.

– Eu nunca pensei que...

– Que fosse me ver fazer isso? Nem eu – respondeu Moisés, sentando-se na areia e deixando que as ondas molhassem seus pés.

E com voz pausada continuou:

– Sabe, Ana, eu preciso te confessar uma coisa. Apesar de viver criticando vocês, na verdade, tudo o que eu mais queria era conhecer esse outro mundo em que vocês viviam, soltar as minhas amarras e mergulhar de cabeça nessa busca proibida que, ao mesmo tempo que me fazia resistir, exercia um grande fascínio sobre mim.

– Mas, eu fui a culpada... Se você não tivesse se envolvido comigo...

– Psiu! – Moisés tapou-lhe a boca com os dedos, que deslizaram sobre seus lábios numa carícia... – Isso não é verdade. Eu creio que faria isso com você ou sem você. Era uma busca, entende? Algo que eu precisava provar, descobrir...

E antes que ela pudesse dizer algo, liberar-se do espanto em que se encontrava, ele continuou:

– Eu vivia um mundo que não era o meu. Eu precisava

fazer isso como se fosse uma questão de vida ou morte. Eu queria viver o mundo de vocês, ser igual a vocês. Eu queria que você gostasse de mim...

Ana acariciou-lhe o rosto perturbado.

- Moisés, pense bem. Você não precisa fazer isso por minha causa. Gosto de você do jeito que você é.

- Eu também te amo, te adoro. Não consigo imaginar a minha vida sem você. Te amo, e vou te amar para sempre.

- Cuidado com as palavra bonitas, é o que eu sempre pensei... Mas eu adoro quando você diz isso!

Então eu vou repetir:

- Te amo, te amo, te amo...

Ana desvencilhou-se do seu abraço.

- Moisés, e o Maurício, ele já sabe?

Os olhos de Moisés ficaram tristes.

- Não sei, acho que desconfia.

- E quando ele tiver certeza?

- Bem, creio que vai ficar chateado no início, mas depois vai passar... Eu não me importo!

- Anjo Maurício, anjo Moisés... - disse Ana tocando seu rosto numa carícia.

Envergonhado, Moisés baixou os olhos. Ana compreendeu-lhe a reação.

- Você está nervoso. É mentira, não é? Você liga, sim, vocês são amigos, sempre foram amigos.

- Esquece isso. Fica comigo!

Beijaram-se novamente. Ana tinha os olhos úmidos.

- Maurício vai ficar arrasado.

- Não se culpe, aconteceu. A culpa foi minha. Essas coisas acontecem.

- Você vai me amar para sempre? Sempre vai ficar comigo?

Os olhos de Ana pareceram brilhantes, como as estrelas que se refletiam no oceano.

- Por você eu topo tudo. Até atravessar esse mar.

- Você me deu carinho, me deu um mundo novo de afeto e atenção.

-Você também me faz muito bem, minha princesa. Eu também estou vivendo uma nova vida ao seu lado.

Moisés ficou abraçado com Ana. Acenderam outro cigarro. Depois, rolaram na areia da praia. Nada mais restava do antigo Moisés, filho de dona Lourdes e de doutor Geraldo.

16. A MUDANÇA

– Moisés, ô Moisés, acorda, Moisés!

Moisés virou-se na cama, irritado.

– O que é que você quer, Maurício? Que coisa!

Maurício continuou a sacudi-lo com insistência.

– Nós já estamos atrasados. Você não vai à escola hoje?

– Ah... Hoje não vou, não. Nada de escola.

Maurício alarmou-se. O irmão estava esquisito...

– O que é que está havendo, Moisés? Você não é de faltar à escola.

Moisés escondeu-se sob o travesseiro.

– Você tá chato, Maurício! Vá para a sua aula e me deixe em paz.

Maurício tentou sentar na beira da cama, mas o irmão o empurrou.

- Você tá legal? Tem certeza?

Moisés deu um grunhido e voltou novamente a se esconder debaixo dos lençóis.

Maurício foi tomar café na cozinha, mas não conseguiu disfarçar a preocupação.

- Bom dia, mãe, bom dia, pai.

- Bom dia, meu filho - respondeu dona Lourdes, que estava servindo uma xícara de café ao doutor Geraldo.

- Dormiu bem? Estou te achando abatido.

Maurício tentou disfarçar, mas não aguentou.

- Ah, mãe, eu estou bem, o Moisés é que...

- O que é que tem o Moisés, não vai à escola hoje? - perguntou, preocupada.

- Não sei, mãe. O Moisés está muito estranho. Já chamei, chamei, e ele nem se mexe. Acho que ele está doente.

- Vou ver o que há com o meu filho - disse doutor Geraldo, levantando-se e largando o jornal que estava lendo sobre a cadeira.

Enquanto caminhava até o quarto, sentiu-se apreensivo. A coisa mais difícil era aqueles meninos adoecerem.

Entrou sem bater. Moisés continuava imóvel. Maurício e dona Lourdes o seguiram.

- Moisés, meu filho, o que é que há com você? - perguntou o pai descobrindo-o. O rapaz parecia estranho, custou a responder.

- Ah, não é nada, pai. Me deixe em paz! Só quero dormir mais um pouco...

Dona Lourdes estranhou o linguajar. Os meninos nunca falavam assim com eles. Nem com eles, nem com ninguém!

- Você está com febre? - inquiriu doutor Geraldo.

- Eu vou buscar um termômetro - se ofereceu dona Lourdes.

Maurício ficou observando.

- Abra os olhos, filho. Moisés, você está me ouvindo? - insistiu doutor Geraldo.

Moisés sentou-se na cama, irritado.

- O que foi, pai? Eu não tenho nada! Apenas estou cansado e não quero ir à escola. É só isso!

Doutor Geraldo, experiente, observou os olhos do filho. Estavam vermelhos e injetados.

- Filho, você andou bebendo?

Moisés gargalhou ruidosamente.

- Que bebendo nada, pai. Está tudo bem. Agora, por favor, me deixem dormir!

Maurício abraçou doutor Geraldo, que falou preocupado, enquanto Moisés deitava novamente.

- Se ele não melhorar, vou ter que levá-lo ao hospital, mas, por enquanto, não diga nada a sua mãe.

Dona Lourdes retornou com o termômetro.

- Não precisa, não, meu bem. Ele só está um pouco cansado.

– Eles agora vivem frequentando essas festinhas – reclamou dona Lourdes. – Chegam tarde, dormem pouco, se alimentam mal. Enquanto são crianças, a gente pode contê-los, mas agora...

– Tudo bem, minha querida. Tudo bem. Vou pedir que ele vá lá ao consultório, fazer uns exames.

– Eu acho ótimo! – retrucou dona Lourdes, mais calma. E dirigiu-se ao filho mais novo, examinando-lhe o rosto cansado: – Aproveite e peça ao Maurício para ir também. Está tão pálido...

Maurício reagiu ao pedido.

– Eu estou bem, mamãe. Não se preocupe comigo, nossa preocupação agora é o Moisés.

Era bem verdade que dona Lourdes já andava assustada e preocupada com os dois. Maurício e Moisés estavam diferentes, principalmente Moisés, que quase não conversava mais, e andava tendo um comportamento estranho e arredio. Vivia na rua, o que não fazia antes. O humor também estava péssimo. Sempre apático, ausente. Desinteressado da escola. Era todo um comportamento estranho nele, que sempre fora tão estudioso, tão atencioso com eles! Mas, como os dois eram adolescentes, dona Lourdes preferia atribuir tudo isso à crise de comportamento tão comum nessa idade. Doutor Geraldo sorria quando consultado a respeito e procurava amenizar suas preocupações, dizendo a ela que brevemente tudo passaria sem maiores problemas.

Dona Lourdes sorriu desalentada. Filhos... Como entendê-los?

Maurício deixou que a mãe se afastasse.

Doutor Geraldo esperou-o.

- Pai...

- O que é meu filho?

- Você acha que é grave?

Doutor Geraldo tentou conter a preocupação na voz quando falou:

- Não, meu filho, creio que não, mas só os exames poderão dizer.

Maurício continuava desalentado.

- Está bem. Então vamos aguardar...

Doutor Geraldo tocou-lhe o ombro com carinho.

- Não vai ser nada demais, meu filho. Você vai ver!

Maurício baixou os olhos. O pai fitou-o com olhar perscrutador.

- Você sabe de alguma coisa? Alguma coisa que não queira me contar...

Maurício gaguejou mas conseguiu responder:

- Não, eu... eu não sei de nada.

Doutor Geraldo ficou pensativo. Maurício despediu-se.

- Tchau, eu vou para a escola. Não quero chegar atrasado.

- Que Deus te acompanhe, meu filho! - disse o pai fitando-o demoradamente.

- Dê um beijo na mãe por mim...

– Está bem. Pode deixar...

Maurício seguiu preocupado para a escola. Já há alguns dias vinha notando o irmão diferente, arredio. Não era mais o amigo e companheiro de sempre, não ligava para mais nada. Moisés, que antes era tão metódico, tão organizado... O desorganizado era ele, Maurício, que vivia levando broncas.

E além do mais, haviam dito a ele que Moisés e Ana estavam namorando. Moisés desconversou, mas no começo fora um tremendo choque. Maurício teve vontade de morrer, mas como obrigar alguém a querer ficar com a gente? Ana havia escolhido Moisés, e se eles se amavam, que fossem felizes! Por isso, tratou de esquecer a mágoa que ficara. Sentira-se traído pelo irmão, pelo seu melhor amigo, mas aos poucos estava conseguindo esquecer. E além do mais, existia Regiane, a vizinha linda e meiga que estava vindo estudar matemática com ele todos os dias. Maurício até que estava gostando de bancar o professor particular de uma menina tão bonita. Talvez ela até o fizesse esquecer, quem sabe...

Ele voltou a pensar em Moisés e Ana. Ana se drogava, apesar de viver dizendo que havia largado o vício, mas essas coisas não se largam assim. Quem melhor do que ele para saber?

Entrou na sala cabisbaixo. As aulas passaram arrastadas. No segundo período, na aula de biologia, dona Ione notou a sua preocupação. Gostava de Maurício, gostava de

Moisés. Eles conversavam algumas vezes e ela admirava o comportamento do rapaz, que sabia ser interessado e estudioso. Mas, naquele dia, Maurício estava ausente, apático. Observando-o melhor, parecia que um grande sofrimento estava sob os seus ombros. Seus olhos continham infelicidade e dor.

A professora pediu que ele esperasse por ela no final da aula.

Maurício estava apreensivo e preocupado.

– O que houve, Maurício? Notei que você não prestou atenção em nada. Você anda diferente, distraído...

E como Maurício não respondesse, segurou seu queixo com carinho.

– Seu pensamento estava longe, muito longe. Por onde andava essa cabecinha?

Maurício não pôde conter as lágrimas. Gostava de dona Ione. Sabia que podia confiar nela, que estava tentando ser amiga.

– É que estou muito preocupado!

– Preocupado com o quê?

– Com o meu irmão Moisés. A senhora o conhece, ele está no segundo ano.

– Claro que o conheço! O que tem o Moisés?

– Eu não sei, dona Ione, mas eu estou desconfiado de que ele está... está...

– Usando drogas? – perguntou Ione com espanto.

Maurício desabou num choro convulsivo.

- É, Maurício? É isso?

Maurício, sem poder falar, meneou a cabeça afirmativamente.

- Fique calmo, se acalme. Confie em mim! Sou sua amiga!

Quando conseguiu falar novamente, Maurício continuou:

- É, eu sei dona Ione, eu sei... Apesar de não conhecê-la bem, sempre achei que a senhora se interessava por nós, pelo que nos acontecia.

Ione emocionou-se com a afirmação do garoto.

- Oh, sim, é verdade, querido. Gosto muito de meus alunos e amo-os como se fossem meus próprios filhos. Mas muitas vezes acho que falho, Maurício. Por mais que me esforce, estão sempre arredios, distantes...

Maurício, deixando extravasar seu nervosismo, pediu num tom suplicante:

- Dona Ione, ajude-nos! Pelo amor de Deus, ajude-nos!

A professora providenciou para ele um copo de água mineral que estava sobre a mesa.

- Beba, Maurício, beba...

Maurício bebeu a água sofregamente. Ela esperou, depois continuou:

- Calma, Maurício, fique calmo! Toda essa agitação pode lhe fazer mal, e não vai lhe ajudar.

Maurício continuou, com a voz entrecortada pelos soluços que não conseguia conter:

- Não estou só pedindo ajuda para o meu irmão Moisés, mas também...

Ione respirou fundo. Estava prestes a confirmar as suas suspeitas. Por isso, perguntou com suavidade, tentando conquistar mais a sua confiança:

- Aqui na sala existem outros jovens que se drogam, não é verdade?

Maurício teve medo. Tremendo, teve medo do que diria.

Dona Ione o encarou em seus olhos assustados.

- Pode dizer, confie em mim. Este será o nosso segredo. Não vou comprometê-lo. Mas, preciso de sua ajuda para ajudá-los.

Maurício desabou num choro convulsivo.

- Ah!, dona Ione, a coisa que eu mais queria era ajudar o Renato, meu amigo, mas infelizmente não deu tempo. E os outros... e agora o meu irmão, tão fechado, tão certinho... O mais rebelde sempre fui eu, o mais diferente. Talvez fosse quem despertasse mais preocupação em meus pais, mas agora, o Moisés, eu não entendo!

- Nós somos pegos de surpresa, Maurício. Sempre achamos que tudo de errado só acontece na família dos outros, nunca conosco. Mas as coisas más estão por toda a parte. A drogas são uma grande armadilha, e nós não nos damos conta do quanto somos frágeis perante elas.

E com um sorriso confiante prosseguiu:

- Deus ouviu as minhas preces!

Maurício não conseguiu falar novamente. Dona Ione tomou-lhe as mãos frias nas suas.

- Eu também quero muito ajudá-los, meu querido, e agora sei que você e eu, juntos, vamos conseguir.

Ione lembrou que no dia anterior havia conversado com a amiga Mary, a professora de inglês, que andava assustada com o comportamento diferente das filhas gêmeas. Por isso, perguntou também a Maurício:

- Maurício, Mary desconfia das filhas... O que você sabe sobre isso?

Maurício respondeu taxativamente.

- Fabiane e Alícia também precisam de ajuda.

- Oh, Deus - Ione sentiu as pernas tremerem.

"Como dizer a verdade àquela mãe, companheira de trabalho e amiga de tanto tempo?", pensou, comovida.

Maurício continuou chorando. Ione abraçou-o, esquecendo-se que naquele momento eles eram muito mais do que professora e aluno. Maurício era alguém que precisava de ajuda.

- Não se desespere. Vamos pedir a Deus por todos os envolvidos, pelo Renato. Queira Deus que ele esteja bem, esteja onde estiver. Vou levar o nome dele para que sejam feitas algumas preces para ele.

Maurício, de repente, perguntou com medo de parecer ingênuo?

- Dona Ione, a senhora acredita que o Renato está bem? Que ele pode nos ouvir, ser ajudado?

Ione relanceou em sua mente a figura do rapaz rebelde e problemático que fora seu aluno durante tanto tempo.

- Creio que esteja num lugar para se recuperar de todos os danos que causou aos outros, mas principalmente a si mesmo.

Maurício, mediante aquelas declarações, animou-se a perguntar.

- A senhora acredita em vida após a morte?

Dona Ione sorriu, e falou com firmeza:

- Acredito, sim, Maurício. Eu sou espírita e acredito na sobrevivência da alma após a morte.

Maurício ficou mudo.

- Está espantado? Essa é uma ideia é chocante para você?

- Não... Não é isso - respondeu Maurício. - Eu já havia lido sobre o assunto, mas isso tudo para mim é muito novo.

Ione achou que não era o momento para falar de suas convicções. Maurício estava assustado e ferido.

- Se você quiser, posso lhe emprestar alguns livros.

- Claro! Eu gostaria muito.

- Então, estamos combinados. Agora, vá para casa, ore muito por todos, pelo Renato, esteja ele onde estiver, por você, por seus pais, por todos nós, para que tenhamos forças a fim de ajudar o Moisés.

Maurício sorriu, agradecido. Estava se sentindo mais leve.

- Não sei como agradecer.

Ione sorriu também, mais aliviada. Havia começado um longo caminho de busca ao encontro daqueles jovens, e agora não voltaria atrás.

- Não agradeça. Vamos lutar juntos! - disse sorrindo.

Maurício levantou-se e foi para casa. Atravessou o pátio com passos lentos mas decididos. Agora, com a ajuda de dona Ione, ele ia fazer o que sempre quisera: ajudar seus colegas em seu envolvimento com as drogas!

- Maurício! - gritou dona Ione, que o havia seguido até o portão, na entrada do estacionamento.

Maurício virou-se decidido.

- Confie em mim, confie em Deus!

Maurício não disse nada. Mas uma sensação boa, de paz, tomou conta de todo o seu ser. Como era bom ter amigos!

17. Ajuda e esclarecimento

– Oi, mãe, como estão as coisas? – disse Maurício, abrindo a porta daquele quarto de hospital.

Dona Lourdes correu para ele, abraçando-o entre lágrimas.

– Maurício, meu filho...

– Mãe, calma! Tente ficar calma!

– Moisés não me reconhece mais, Maurício. Falei com ele e era como se eu fosse uma estranha...

Doutor Geraldo entrou naquele momento.

– Meu querido, o que vamos fazer?

Ele abraçou-a também.

– Calma, Lourdes, calma. O Marcondez já está vindo

para cá nos dizer algo mais concreto.

Breve batida na porta se fez ouvir.

- É o doutor Marcondez! - anunciou Maurício aos pais, enfaticamente.

- Peça que entre.

Maurício cedeu passagem ao médico, calmo e de voz macia, que parecia conter sabedoria no olhar.

- E então, Marcondez, o que você acha? - perguntou doutor Geraldo entre lágrimas.

Maurício também acercou-se dele, querendo saber notícias.

O doutor Marcondez fitou a todos com um olhar sofrido. Ajeitou os óculos, que insistiam em lhe cair do rosto magro, e disse com voz pausada:

- Infelizmente, meus amigos, as notícias não são nada animadoras.

- Oh, meu Deus, o que está dizendo? - gemeu dona Lourdes.

- Calma, mamãe. Venha comigo - pediu Maurício.

Doutor Geraldo fez um gesto afirmativo, mas dona Lourdes agarrou-se ao filho.

- Não, eu quero ficar! Quero ouvir o que o doutor tem a dizer sobre o meu filho.

Doutor Geraldo atravessou a sala e abraçou-a. O doutor Marcondez continuou, com pesar:

- Bem, somos amigos há muito tempo... e me pesa tanto quanto a vocês que são pais ter que falar sobre esse assunto. Amo Maurício e Moisés como se fossem meus próprios filhos, e a gravidade do estado de Moisés me enche de tristeza e dor.

- E então, Marcondez? - doutor Geraldo tinha os olhos indagadores e assustados.

O médico estendeu-lhe os exames em pequena pasta que trazia nas mãos.

- Você me pediu para fazer novas pesquisas em cima do resultado que você já tinha, e sinto dizer que o pulmão de Moisés já está altamente comprometido.

- Sem nenhuma chance?

- Creio que não! Moisés vinha fazendo uso do crack, que assim que é fumado alcança o pulmão com efeito tóxico devastador.

E com pesar, continuou:

- Também o uso excessivo de outras drogas comprometeu sua saúde, que já estava bastante abalada ultimamente. Seu estado piorou muito nesses últimos dias. Ele tem tido convulsões, acompanhadas de intensa taquicardia.

A voz estava quase sumindo na garganta, quando sentenciou:

- Creio que há muito pouco a fazer. Só esperar!

- Não, diga que é mentira! - disse a mãe sacudindo o médico com desespero. - Oh, meu Deus, onde foi que eu falhei, onde? Por que me castigas?

- Calma, minha amiga - disse o médico com brandura. - Nós, pais, sempre achamos que falhamos quando algo sai errado; é o nosso atestado de incompetência, não é? Mas a droga é traiçoeira, é uma arma perigosa contra a qual temos de nos preparar para lutar, para que ela não entre em nossas vidas, em nossos lares, como uma arma mortal...

Doutor Geraldo interrompeu suas palavras.

- Mas eu sou um médico! Conversei, orientei da melhor maneira que pude...

O doutor Marcondez acrescentou, paciente:

- Não se culpem. Vocês o amaram e fizeram tudo por ele.

- Como fazer, como evitar? Qual é a fórmula? - doutor Geraldo estava ansioso e agitado. O médico amigo obrigou-o a sentar-se, temendo pela sua saúde.

Tocou-lhe o ombro com piedade.

- Chega! Não adianta ficarmos nos martirizando, nos culpando. Aconteceu. Vocês foram e são pais maravilhosos, mas aconteceu.

E com os olhos marejados de lágrimas, concluiu:

- Estamos sempre desavisados, contra a vida, contra o mal...

Dirigindo-se a dona Lourdes, que chorava copiosamente, abraçou-a com carinho.

- Vá para casa descansar, Lourdes. Seu filho irá precisar muito de você nesse momento, ou melhor, seus filhos, e seu esposo também.

Doutor Geraldo interceptou-lhe os passos:

– Marcondez, o que fazer? Diga-me, meu amigo, o que fazer?

Doutor Marcondez olhou-o fixamente e disse com olhar bondoso:

– Para o seu filho não há mais tempo, mas ainda existem outros jovens que precisam de ajuda. Ajude-os, como sempre fez!

– Como? Diga-me como?

– Você encontrará forças em sua dor!

Doutor Geraldo não pôde impedir que as lágrimas escorressem desordenadamente. Apertou-lhe as mãos comovido.

– Vou tentar, vou tentar...

Doutor Marcondez acrescentou, pausadamente:

– Hoje, às dezesseis horas, o Centro de Pesquisas aqui do hospital vai desenvolver uma palestra de ajuda aos dependentes químicos. Você não quer vir?

– Se eu puder...

– Você é meu convidado. E se quiser, traga o Maurício também.

– Eu gostaria muito – confirmou Maurício.

– Então está bem. Agora, fiquem com Deus! E você, rapaz, leve sua mãe para casa. Ela precisa descansar.

Doutor Geraldo e Maurício seguiram o conselho do doutor Marcondez e levaram dona Lourdes para casa. O estado de Moisés era estável. Só restava aguardar.

• • •

Mais tarde, retornaram para a palestra.

Estavam muito abatidos.

O auditório estava lotado. Não só médicos, mas também o público em geral, aguardava a explicação do doutor Marcondez, um dos maiores especialistas em dependência química do Rio de Janeiro.

O médico, simpático e cordial, posicionou-se perante o auditório interessado.

– Acreditamos que a informação e o esclarecimento se tornem o melhor remédio para vencermos esse mal que se alastra abusivamente em nossas vidas.

"Mas, o que seria a tão temível droga?

"Cremos que, num sentido amplo, seria qualquer substância capaz de exercer efeito nocivo sobre o organismo.

"As antigas civilizações já faziam uso de drogas, de álcool, de plantas alucinógenas. Para eles, essas eram experiências capazes de aproximá-las de suas divindades e atingir a plenitude do 'êxtase' tão procurado.

"As drogas estariam, assim, ligadas à necessidade que o ser humano tem de transcender as suas limitações físicas, de buscar o contato com aquilo que o transcende, que está além dele.

"Hoje, porém, ela decai na busca do irreal, do proibido, da liberdade irrestrita, mas vazia de significação.

"A dependência química pode ser uma doença fatal e como tal deve ser encarada, para que se diminuam os seus efeitos e a grande ameaça ao bem-estar social.

"Aqui no Brasil, diferente dos países mais desenvolvidos, algumas drogas legalizadas continuam espalhando seus males a milhões de pessoas. Vamos conhecê-las um pouco mais?"

Doutor Marcondez ajeitou melhor o retroprojetor:

– **O uso do tabaco.** Um dos mais sérios problemas do mundo. O número de doenças cancerígenas aumentou significativamente, causando a morte de milhões de pessoas. Tosse, pigarro, rouquidão são os sintomas mais frequentes do tabagismo; aumento da pressão sanguínea, problemas cardíacos, o retardamento das contrações do estômago; além disso, essa substância no sistema nervoso, levando a tonturas, vertigens e até lesões do nervo óptico que podem causar mal irreversível. Os principais efeitos da nicotina no sistema nervoso central são: elevação leve do humor (estimulação) e diminuição do apetite.

"O tabaco é uma planta cujo nome científico é *Nicotiana tabacum*, da qual é extraída a nicotina.

"No princípio, foi utilizado com fins curativos, porém, seu consumo se alastrou mundialmente após a Primeira Guerra Mundial, estendendo-se até os dias atuais, através do marketing de que as pessoas que fumam são especiais, bem-sucedidas na vida, etc. Basta ver as propagandas de cigarros, hoje mais veladas, devido às proibitivas, mas que são as mais bem-produzidas no mundo inteiro, dentro do enfoque publicitário, muitas subliminares.

"A fumaça do cigarro contém um número muito grande de substâncias tóxicas ao organismo. São elas, além da nicotina, o monóxido de carbono e o alcatrão, que dentre outros danos poluem o ambiente, fazendo com que também os não fumantes inalem essas substâncias e sejam expostos a várias enfermidades que o uso do tabaco provoca. Pensando nisso, o INCA (Instituto Nacional do Câncer), realiza um intenso trabalho de contenção ao tabagismo e prevenção primária do câncer, através de palestras, cursos e programas específicos em escolas e unidades de saúde, a fim de lutar com a maior arma que se tem em mãos, que é justamente o esclarecimento.

"**Alcoolismo.** O abuso do álcool provoca doenças como gastrite, cirrose hepática, pancreatite, hipertensão e várias outras.

"Apesar do desconhecimento da maioria das pessoas, o álcool também é considerado uma droga psicotrópica, pois atua diretamente no sistema nervoso central, provocando mudanças no comportamento, além da possibilidade de desenvolver a dependência. A ingestão de álcool, mesmo em pequenas doses, diminui a coordenação motora e os reflexos, causando graves consequências, por exemplo, àqueles que insistem em dirigir após consumir bebida alcoólica. Infelizmente, segundo a Organização Mundial de Saúde, o Brasil é um dos maiores consumidores de álcool no mundo. É também responsável pelo grande número de acidentes de trânsito, segundo pesquisa mundial.

"**Maconha.** É a droga ilícita mais consumida no mundo. Também considerada como a porta de entrada para as drogas mais pesadas.

"Muitos usuários apresentam o rosto contorcido, palidez e rubor facial, congestão das conjuntivas (vermelhidão nos olhos), secura da boca, estreitamento das pálpebras, desorientação e inibição das funções sexuais"...

O público se mostrava atento, e o doutor Marcondez continuou:

– **Haxixe.** O haxixe é extraído da *Cannabis sativa*, do sumo da planta. Ele altera a percepção e mais forte que a maconha, tendo também 50% mais de alcatrão que o cigarro. Aqui no Rio de Janeiro, ela está em expansão, mas ainda é uma droga de pouco consumo. Está sendo usada misturada à maconha.

"**Cocaína.** Cria séria dependência. Originária da região de Machu-Yunga, no antigo Alto Peru, hoje território boliviano, a folha de coca que era mascada pelos índios quíchuas se transformou em verdadeiro pesadelo, apesar de antes o seu uso ter sido empregado pela medicina como anestésico local.

"A cocaína é um processamento químico dessa planta. Pode chegar ao consumidor sob a forma de um sal (cloridato de cocaína), um pó que é aspirado.

"Destrói a mucosa interna do nariz, causa hemorragia, crises respiratórias, ataca o sistema nervoso central, causando convulsões e ataques cardíacos.

"A cocaína também pode ser fumada, se estiver sob a

forma de crack.

"**Crack.** O crack é uma forma de cocaína mais concentrada e seu uso está se alastrando, porque é uma droga de consumo barato. Atinge a corrente sanguínea e o cérebro de forma imediata e altamente perigosa. Causa ataque cardíaco, convulsões, pode levar à morte e aflora tendências suicidas. Pode produzir, também, aumento das pupilas (midríase), causando a chamada 'visão borrada'. Provoca dor no peito, contrações musculares, convulsões e até coma.

"**LSD** (Ácido Lisérgico). Causa desde psicoses até doenças mortais. É considerada a bomba atômica dos tóxicos. Seu usuário tem tremores, convulsões, turvamento de visão e dilatação da pupila.

"**Anabolizantes.** São usados para aumentar a massa molecular, mas causam graves alterações hormonais. Causam risco de infertilidade, aumento da pressão sanguínea e alteração de comportamento. Essas drogas estão relacionadas ao hormônio masculino testosterona, que é fabricado pelos testículos. Se for clinicamente usado, pode fazer a reposição desse hormônio, nos casos em que por algum motivo patológico tenha ocorrido um déficit no organismo, mas geralmente causa mais danos do que benefícios. Muito usado por atletas e esportistas, seus efeitos são graves: mudança radical de humor e agressividade são seus principais sintomas.

"**Inalantes.** São eles: cola de sapateiro, solvente de

pintura, éter, etc... Por serem de fácil aquisição, são usados particularmente por menores infratores de rua. Os inalantes causam comportamento agressivo e alucinações.

"No Rio é muito conhecido o 'loló', um preparado clandestino que contém clorofórmio, éter, lança-perfume, que contém cloreto de etila, sendo proibida a sua utilização, que antes era aceita no período de carnaval.

"**Tranquilizantes.** Podemos designá-los pelo nome de ansiolíticos, ou seja, que combatem, afastam a ansiedade.

"Estão presentes em muitas fórmulas de regimes de emagrecimento. Produzem alta dependência. Sua mistura com o álcool pode levar à morte ou ao estado de coma irreversível. Só devem ser usados com a devida recomendação médica.

"**Anfetaminas.** O consumo dessas drogas no Brasil é alarmante, merecendo até um alerta da Organização das Nações Unidas quanto ao seu uso exagerado, principalmente entre os estudantes menores de dezoito anos, que ingerem as chamadas 'bolinhas' para se manter acordados, estudando durante a noite.

"As anfetaminas, estimulantes do sistema nervoso central, fazem o cérebro trabalhar mais depressa; como se diz, as pessoas ficam 'acesas', 'ligadas', sem sono.

"Essa substância é também muito empregada nas fórmulas de regime de emagrecimento, causando grandes danos à saúde.

"**Heroína.** É uma droga usualmente injetável e seus

usuários estão expostos a maiores índices de contaminação, com seringas infectadas, por doenças como aids, hepatite, tétano e principalmente a endocardite (infecção da parede cardíaca). Seus efeitos são fatais."

Doutor Marcondez terminou os *slides*. A plateia continuava interessada.

Uma voz se fez ouvir na multidão.

- Doutor, diga-nos, como lutar contra algo tão terrível?

O médico respirou fundo ao responder:

- A família tem um papel fundamental na prevenção do uso das drogas. Uma família bem estruturada, onde o amor, o diálogo e a compreensão sejam vivenciados cotidianamente, de forma sincera pelos pais em relação aos filhos (pois é do seu exemplo que se criará o amor e o respeito dos filhos), terá maiores condições de orientar seus membros.

"Diálogo franco, bons exemplos, esclarecimento de dúvidas sem preconceito.

"E, acima de tudo, o entendimento, é claro. Esse é o nosso lema!

"Esclarecer, orientar e ajudar é dever de todos nós! A nossa responsabilidade é imensa, não só como médicos, como cidadãos, mas também como pais!"

Após uma pausa, acrescentou:

- Além disso, com a experiência que eu tenho tido ao longo desses anos, com jovens e suas famílias, percebo que nossa atual falta de ligação com um poder maior que nós (seja Deus, em qualquer religião, seja um ideal nobre), enfim, nossa atual falta de fé, e de uma crença que nos ligue ao que há de melhor em nós, e que nos ligue entre nós, deixa nossa juventude, nossa sociedade (da qual a juventude é filha), perdida, sem esperança, sem propósito... Esse vazio causa a busca de uma saída nas drogas...

"E estas só levam a outro vazio, um vazio ainda maior"...

Maurício deixou escorrer algumas lágrimas de seus olhos cansados. Fitou o pai demoradamente, recostando-se em seu ombro.

Doutor Geraldo acariciou-lhe os cabelos e também começou a chorar baixinho.

- Meu Deus, onde foi que eu errei, onde? - pensou entristecido.

18. A ATUAÇÃO DO PLANO ESPIRITUAL

– MÃE, você está dormindo?

– Não, meu filho, pode entrar! – respondeu dona Lourdes, sem se virar, ao ouvir a voz do filho que entrava no quarto.

– Você está bem?

Maurício acariciou-lhe os cabelos grisalhos que caíam sobre o travesseiro.

– Estou, sim, estou melhorando.

– E o pai? Ele já ligou hoje?

– Ligou! – disse dona Lourdes sentando-se na cama. – Ele já está vindo para casa. Daqui a pouco, estará aqui.

Maurício engoliu em seco. Certos assuntos eram difíceis de falar.

- E quanto às coisas do Moisés, você... já decidiu?

Dona Lourdes segurou-lhe as mãos com força.

- Já, meu filho. Eu não quero me desfazer das coisas dele, das lembranças...

Maurício abraçou-a, comovido.

- Mãe, pare de sofrer. Aconteceu...

Dona Lourdes estreitou-o mais em seu abraço.

- Ajude-me a lutar, meu filho. Nós precisamos lutar por outros jovens que estão perdidos. Em memória do Renato, do Moisés, de tantos outros jovens que morreram no anonimato...

E com tristeza acrescentou:

- O Renato não tinha o calor de uma família. Era um desgarrado, mas o Moisés tinha. Tinha a nós, nós éramos uma família...

- Ah, mãe, não se culpe.

Dona Lourdes fitou o filho com desespero:

- Faltou Deus, faltou amor, faltou o quê? Diga-me meu filho, o que foi que faltou fazer?

Maurício não conseguiu conter as lágrimas.

- Eu não sei! Vocês são pais maravilhosos. Fizeram e fazem o melhor.

- Nós pensávamos que tínhamos tudo - continuou dona Lourdes com a voz embargada -, que estávamos fortes, mas talvez, se nós houvéssemos conversado mais, se tivéssemos nos ajudado mais, nos apoiado mais, teria sido diferente... Mas não, eu falhei, eu e seu pai falhamos.

– Não diga isso, mãe, não diga isso, por favor – disse Maurício, deixando que as lágrimas em seu rosto se misturassem com as dela.

– Mas é verdade. Nós, pais, só estamos preocupados em fazer prevalecer a nossa autoridade, dar ordens, perpetuar o nosso poder. Não permitimos que os filhos aprendam pelas suas próprias experiências. E isso não é bom. Não podemos viver a vida por eles. Não existem regras, existe a nossa intuição, que às vezes é falha. Veja o nosso caso: sempre achamos que você, por ser mais "saído", o mais falante, corria mais perigo. Moisés não, era o mais quieto, o mais tímido, a nosso ver o mais ajuizado, mas que acabou sendo a presa mais fácil para esse mal. Oh!, Deus, como nós pais podemos, às vezes, ser tão ingênuos...

– Não se culpe, não se culpe, você é a melhor mãe do mundo. Eu te amo! Eu te amo!

– Você me perdoa, meu filho, me perdoa?

Maurício enxugou-lhe as lágrimas com as mãos.

– Perdoar? Por que, mãe? Eu não tenho nada o que perdoar.

– Você acha que um dia Deus pode me perdoar?

Maurício fitou-a demoradamente.

– Mãe, Deus não é um juiz mau e arbitrário que vive punindo a toda hora aqueles que cometem erros. Deus é infinitamente bom, justo e misericordioso. Permite que tenhamos novas existências e novos corpos para que pos samos consertar as experiências onde falhamos e conseguir novo aprendizado. Eu tenho lido muito. Dona Ione tem me emprestado livros, livros importantes que falam da vida, da nossa postura perante a vida, falam do estudo da doutrina espírita. Estou descobrindo tantas coisas, mãe, tantas coisas interessantes. Agora, eu sei que a morte não existe. Que todos nós somos espíritos imortais que não vamos morrer nunca, lutando e trabalhando para o nosso progresso futuro.

Dona Lourdes, que ouvia interessada, pediu suplicante:

- Vamos trabalhar, filho, vamos lutar. Prometa-me que um dia, quando eu e o seu pai não estivermos mais aqui, você vai continuar essa luta contra as drogas. Prometa...

- Eu prometo - mãe, confirmou Maurício. - Eu prometo, que enquanto viver, essa será a meta da minha vida. Todos nós juntos vamos conseguir!

19. A AJUDA CONTINUA

– Ai, mãe, eu estou tão nervoso!

– Eu também nunca entrei num lugar desses. Para mim, é tudo muito novo.

– Onde está a professora Ione?

– Está logo ali à frente. Psiu! Aqui é recomendado manter silêncio. Vamos falar baixinho.

– Que bom que o papai concordou que nós viéssemos procurar o Chico Xavier.

– Eu também fiquei muito feliz, meu filho, e se Deus me ouvir, seu pai sairá daqui carregando um pouco mais de paz no coração. Eu não aguento mais vê-lo tão sofrido, tão infeliz...

– Olá, meus queridos – era a professora Ione quem se aproximava.

– Está tudo bem por aí?

– Talvez um pouco nervosos, mas estamos bem – respondeu Maurício. – Olha, é o papai...

– E então, senhor Geraldo? – perguntou a professora.

– Fui ver se havia um lugar mais à frente, para ouvirmos melhor, mas a casa está lotada.

– Psiu, silêncio. A reunião vai começar. Temos que aguardar aqui na fila.

"Grupo Espírita da Prece!", leu Maurício, mentalmente emocionado, na parede lá à frente. E pensou: "Um lugar onde tantos pais e tantas famílias desesperadas vêm buscar consolo"...

– Olha gente, aquele é o Chico. Que figura mais linda! Deus o abençoe! – comentou dona Ione.

– Como eu estou emocionada! – disse dona Lourdes, num choro convulsivo.

– Fique tranquila dona Lourdes. Não deixe que a sua emoção atrapalhe a sua comunhão com Deus.

– Ione, você acha que...

– Creio que sim, querida amiga – disse dona Ione, apertando-lhe as mãos úmidas e nervosas. – Se o seu filho estiver aqui, se já conseguiu ser trazido até aqui, com certeza ele lhe mandará uma mensagem que muito vai ajudar o seu coração saudoso, mas cheio de amor por ele.

Profundo silêncio se fez.

A reunião transcorreu normalmente.

Depois da prece final, fez a chamada dos nomes para a entrega das mensagens.

- Sebastiana Silva!

Uma senhora levantou-se cambaleante e ao receber a carta, beijou-a com emoção.

- João Ricardo!

Depois foi a vez de um pai emocionado receber das mãos da assistente uma mensagem da filha querida, que havia desencarnado com apenas cinco anos de idade, com leucemia.

- Lourdes Castro!

Dona Lourdes quase não conseguiu andar, as pernas tremiam, tal a emoção do momento.

- Mãe, é a senhora, mãe - disse Maurício, sem conseguir se conter.

- Será que sou eu mesma? Nem acredito!

- Seu filho Moisés está aqui e lhe manda uma mensagem - continuou a assistente responsável pelos trabalhos daquela noite.

- Deus seja louvado! - gemeu dona Lourdes.

- Atenção queridos irmãos - disse a assistente, que não precisou pedir silêncio para as leituras das mensagens:

Mãe querida:

Talvez você não imagine o quanto é difícil para mim escrever essas linhas. Estou ainda muito fraco, precisando de ajuda e tratamento intensivo, mas em resposta ao seu coração aflito não poderia deixar de enviar o meu amor e o meu pedido de perdão, a você, ao papai Geraldo, ao mano Maurício, meu irmão menor a quem eu sempre quis ajudar e proteger.

Não se culpe, mãe querida. Vocês nos deram amor, uma família, carinho e atenção. Os pais sempre fazem o melhor que sabem, creia. Eu tive a grande parcela de culpa em tudo o que aconteceu.

Todos temos o nosso livre-arbítrio. Eu sabia, conhecia o mal, mas na ânsia de viver intensamente a minha juventude me deixei levar por ilusões perigosas que nos convidam e se insinuam a cada instante de nossa vida terrena.

Eu falhei, quis viver um mundo diferente daquele que eu tinha, do que vivia, e esquecendo os conselhos tão proveitosos de vocês, enveredei por esse caminho tão perigoso, que é também a desgraça de tantos jovens como eu, que abdicam da vida tão prematuramente.

Estou ainda num hospital, num Instituto de Recuperação, e me sinto muito envergonhado por esses meus últimos atos, que abreviaram a minha estada entre vocês... Enquanto a nossa preocupação maior era Maurício, que considerávamos imaturo, lembram?

Quantas vezes conversamos sobre isso. Para vocês, eu era o filho mais maduro, mais ajuizado. Mas eu sou um espírito recalcitrante. Não podia falhar, mas não fui capaz de me deixar guiar pelo carinho de vocês.

Porém, não vamos falar disso agora! O importante, o que quero que saibam, é que amo muito a vocês e que me envergonho por não ter sabido corresponder a esse amor tão grande e às esperanças que vocês depositaram em mim. Mas sei que vou aprender, vou me curar e espero brevemente poder estar ajudando a outros jovens como eu, que enveredaram por esse triste caminho. Ainda não vi o Renato, mas sei também que ele está sendo socorrido e se prepara num educandário distante de onde estou. Estou muito fraco. Vovô Felício veio comigo e te manda um grande beijo. Ele me ajuda a escrever, porque meus pensamentos ainda se embaralham um pouco em minha mente.

O meu coração está sempre com vocês. Não sofram, esse foi o caminho em que andei, mas prometo que vou transformar esse mal num grande aprendizado para todos nós. Amo muito a todos vocês.

Diga à professora Ione que agradeço muito pela ajuda que está dando a você, ao papai e principalmente ao Maurício.

Beijos em todos.

Daquele que será sempre seu filho do coração,

Moisés Carvalho Castro

Dona Lourdes não conseguia segurar as lágrimas. Era emoção demais para um pobre coração ferido como o dela.

– Meu Deus, meu filho querido me enviou uma mensagem! Como é possível, meu Deus?

Dona Ione explicou com voz serena:

– A morte não existe, dona Lourdes. O que morre é apenas o corpo físico, o espírito é imortal e continua para sempre.

E, com vagar, continuou:

– Fique feliz com as palavras de Moisés. Ele já conseguiu chegar até aqui e lhe enviar esse conforto. Vamos pedir a Deus que ele continue a estudar, a aprender e a crescer em sua dor, o que muito o ajudará a se preparar para uma nova experiência, em um novo corpo.

– Meu Deus, meu filho querido, que saudade!

– Fique calma, dona Lourdes, se acalme. A senhora recebeu um grande presente. Logo da primeira vez recebeu a mensagem. Muitos pais demoram anos para ver o seu sonho concretizado. Deus é misericordioso, e foi infinitamente misericordioso com a senhora.

– Oh, como eu agradeço! Obrigada, meu Deus!

Doutor Geraldo abraçou-a, comovido. Maurício também estava emocionado.

A professora Ione convidou-os a se retirar. Maurício seguiu-a.

Doutor Geraldo tomou o braço de dona Lourdes, que ainda mantinha os olhos úmidos da emoção, e que apertava a carta do filho junto ao peito, tal qual uma criança que recebe importante presente.

Caminharam pelas ruas calmas e desertas daquela cidade do interior em direção à pensão onde estavam hospedados.

O céu estava magnificamente belo, límpido, e as estrelas nunca pareceram brilhar com tanta intensidade como naquela noite.

Dona Lourdes não conseguia se controlar de tanta felicidade, rogando que Deus abençoasse homens como aquele, que devolviam a alegria de um breve reencontro a corações feridos como o dela.

20. Conhecendo um pouco mais

– Com licença?!

– Pode entrar, Maurício. Nós só aguardávamos você.

– Boa tarde, dona Ione, boa tarde a todos.

– Sente-se aqui ao meu lado, meu rapaz – ofereceu um senhor calvo e de óculos de grau muito acentuado, e que tinha o semblante bondoso.

Maurício agradeceu, mas, sorrindo encabulado, sentou-se ao lado de dona Ione e de dona Sílvia, uma senhora de cabelos grisalhos que lhe lembrou a sua avó Cora, mãe do doutor Geraldo.

– Calma, você está tremendo! – disse dona Ione baixinho ao apertar-lhe as mãos frias e úmidas.

- É que eu nunca estive numa reunião como essa.

- Nós já estivemos no Chico. Será uma reunião como aquela, só que sem a psicografia.

O senhor de olhar bondoso tomou a palavra:

- Fique calmo, meu filho. Não irá acontecer nada demais. Apenas vamos estudar *O Livro dos Espíritos*, talvez uma página do Evangelho e algumas mensagens e, se algum espírito amigo quiser vir ter conosco para nos oferecer algum esclarecimento, será bem-vindo, apesar de não ser aconselhável que misturemos estudo com manifestação mediúnica. Mas o plano espiritual é quem sabe... Vamos também orar por seu irmão, que Ione nos disse estar se recuperando em uma colônia de ajuda a toxicômanos, e para que, com a graça de Deus, brevemente recuperado, seja mais um trabalhador no bem.

Maurício não pôde conter as lágrimas.

- Acalme-se, meu filho. Não é preciso chorar. Você precisa ficar calmo para ajudar nos trabalhos que irão acontecer.

- É que eu estou tão nervoso!

- Fique tranquilo. Respire aos pouco, você vai se equilibrar. Pense no bem, na paz para seu irmão, para seus pais e para você, a fim de que tenham força para enfrentar tudo isso.

- Creio que então podemos começar - sugeriu dona Ione ao senhor Pedro, que ajeitou os óculos, aquiescendo. - Trouxe aqui trecho de uma mensagem que muito nos fala ao coração. Você poderia lê-la para nós, Maurício?

Maurício recebeu o papel com mãos trêmulas.

– Creio que sim, mas se eu gaguejar, me desculpem.

O vício esvoaça, qual enxame de moscas, em volta dos dogmas. O motivo é simples: miséria, enfermidade, crime e vício são frutos das trevas. Dinheiro, drogas, cárcere e dogmas não fazem luz no espírito do homem.

Eduque-se o indigente, o enfermo, o criminoso e o viciado, acendendo em seus corações e em suas mentes a luz incomparável da moral evangélica, e ver-se-á que se tornarão ricos, sadios, bons e virtuosos.

Só assim se extinguirão os flagelos da humanidade.

Ao ler o trecho da mensagem, escrita por Pedro de Camargo, que usava o pseudônimo Vinícius, um homem que muito se preocupara com a educação dos espíritos no mundo, Maurício ficou cabisbaixo. As palavras o tocaram. Era aquilo que aqueles espíritos precisavam: luz!

– Em que você está pensando? – perguntou dona Sílvia, interessada.

– No meu irmão. Lendo essas palavras, eu compreendo. O Moisés virou a cabeça, era como se não fosse ele, como se fosse outra pessoa.

Parou para enxugar os olhos úmidos.

– Às vezes, nos últimos meses do Moisés entre nós,

quando eu o olhava, parecia que ele estava mergulhado em trevas, trevas profundas, e que seus olhos, de tão opacos, jamais iriam brilhar novamente.

Todos ouviam com interesse, e Maurício, com voz trêmula, continuou:

- O mesmo acontecia com o grupo de jovens lá na escola. Eu me entristecia demais ao olhar aqueles jovens perdidos, com olhos saltados, que pareciam corpos sem alma à procura do nada. Eles tinham tudo para se envolver, mas o Moisés não, e é isso o que me perturba...

- O seu irmão pode ter tido reminiscências do passado, Maurício - falou dona Sílvia. - Em sua mensagem, como você mesmo nos disse, ele alegou ser um espírito *recalcitrante*. Pode ter sido até no campo das drogas. Talvez por isso ele se esforçasse tanto para manter uma vida direita. Talvez essa fosse a sua luta interna para não sucumbir naquilo que já havia falhado anteriormente.

- Pode ser que sim. Moisés perdeu a cabeça, era como se não fosse ele, mas outra pessoa...

- Que grande sofrimento tudo isso causou - exclamou dona Ione com voz serena.

- Talvez fosse o que fizesse minha mãe sofrer mais - acrescentou Maurício. - O seu sentimento de culpa, de falha era terrível. Tenho pensado tanto sobre isso...

- Podemos ler um trecho do Evangelho - sugeriu o senhor Pedro, abrindo-o numa página qualquer.

...É certo que alguns pais ignoram seus deveres, e não são, para seus filhos, o que deveriam ser; mas cabe a Deus puni-los, e não aos filhos. Não cabe a estes repreendê--los, porque talvez eles próprios tenham merecido que fosse assim. Se a caridade estabelece como lei devolver ao mal o bem, ser indulgente com as imperfeições do outro, não maldizer o próximo, esquecer e perdoar os erros, amar até aos inimigos, quanto essa obrigação não é maior em relação aos pais!

Maurício ficou em silêncio. Dona Ione tomou a palavra:

– A missão dos pais na Terra é sagrada e importante, e todos deveriam dar a seus filhos um esclarecimento religioso, qualquer que fosse, para ajudá-los no início de sua caminhada terrena. Todos nós trazemos mazelas e imperfeições de outras existências, coisas que muitas vezes ainda não conseguimos trabalhar, desenvolver, melhorar. As crianças, desde bem pequenas, devem ser trabalhadas em suas imperfeições. Pais observadores descobrirão, com certeza, onde reforçar mais e melhor os conceitos do bem.

"Não criamos filhos para nós e sim para estarem aptos e fortalecidos para enfrentar problemas e dificuldades. Temos que orientá-los, ajudá-los, esclarecê-los, mas não podemos tolhê-los, em suas ideias e suas iniciativas. Temos, sim, que podar as suas arestas, fazendo deles as nossas pequenas arvorezinhas que ajudaremos a crescer dia a dia, regadas na luz do nosso amor."

-Vamos terminar com a nossa prece de hoje - disse dona Sílvia contrita.

- Maurício, você pode fazê-la para nós?

Maurício baixou os olhos.

- Eu quase não consigo falar, tamanha a emoção que estou sentindo, mas gostaria de dizer breves palavras. O que desejo é que Deus, em sua bondade, possa olhar por todos os jovens do mundo, por nós, que sofremos golpe tão rude, e por todas as famílias que neste momento estão e estarão vivenciando a dor de perder um filho ou de ver um de seus membros envolvidos com qualquer tipo de dependência química.

Dona Sílvia, sentindo-lhe a emoção, tomou a palavra para a prece final.

- Com certeza, meu filho, Deus olhará por nós!

21. Em busca da vitória

– Doutor Maurício, interfone na linha dois.

– Obrigada, Marta. Alô, quem fala?

– Alô, doutor Maurício?

– Sim, é ele. Quem deseja?

– Aqui é Ione. Como vai?

– Oi, professora Ione. Mas que cerimônia é essa. Para você eu sempre serei Maurício, o seu aluno do Colégio Santo Antônio.

Ione gargalhou do outro lado da linha.

– Para mim, você continua sendo aquele menino maravilhoso que conheci há quinze anos. Como vão as coisas? E o projeto?

- Você nem imagina, está ótimo! - disse Maurício com alegria. - Tenho conseguido muitos voluntários para o trabalho, o que me deixa muito animado. E estou prestes a conseguir novas verbas da Secretaria de Estado. O prédio, então, você precisa ver. É aqui perto, a algumas quadras daqui. Está lindo! Hoje a companhia virá colocar o letreiro.

- Que coisa boa, Maurício - exclamou dona Ione do outro lado da linha.

Maurício continuou empolgado:

- Teremos também médico, nutricionista, assistente social e interessados na área. Estamos construindo alojamentos para receber pacientes internos, o que está me deixando muito feliz, pois o nosso intuito é oferecer ajuda profissional e irrestrita a todos os necessitados. Tenho em mente adquirir um terreno onde os jovens que quiserem se libertar da dependência possam, além de praticar esportes, plantar e colher os próprios alimentos, que serão utilizados em sua dieta alimentar.

Ione interrompeu animada:

-Tenho uma amiga querida que trabalha como nutricionista no Hospital das Clínicas, e ela com certeza poderá ajudar com receitas novas, de baixo custo, para que você faça economias também nessa área.

- Esse assunto está me dando uma fome... - brincou Maurício -, e como está quase na hora do almoço, você não quer vir almoçar comigo?

- Claro! Cheguei ontem de Campinas. Fiquei lá por

quase dois meses. Fui rever alguns parentes que não via há muitos anos. Já estava com saudades...

- Que bom! Será como nos velhos tempos, no mesmo restaurante de sempre.

- Então até daqui a pouco. Aí conversaremos melhor.

A professora Ione desligou sorrindo. Aquele telefonema lhe fizera bem. Ia adorar almoçar com Maurício, que mesmo agora, já sendo um belo homem de trinta e poucos anos, e um médico respeitado, continuava seu amigo.

Outra coisa que a deixava também muito feliz é que Maurício, desde aqueles dias da morte do irmão Moisés, havia começado a estudar a doutrina espírita e já estava atuante no trabalho em uma Casa Espírita que frequentava no bairro de Copacabana, onde morava depois de ter se casado dois anos antes. Havia também fundado aquele Centro de Recuperação de Dependência Química e, ao lado dos profissionais que citara, estava realizando aquele importante trabalho de ajuda ao próximo.

Contara em grande parte com a ajuda de seu pai, que também havia se tornado um estudioso da doutrina espírita e que, apesar da idade um pouco avançada, continuava a clinicar.

Doutor Geraldo atendia seus clientes no bairro do Flamengo, e quanto mais o tempo passava, angariava ainda mais respeito de seus pacientes e amigos. Sentia muita falta da esposa Lourdes, que falecera já havia cinco anos, mas preenchia seu tempo ajudando o filho querido, do qual estava muito orgulhoso por haver se tornado um médico engajado, com um novo projeto de trabalho idealizado por ele mesmo.

A morte de Moisés ainda pesava no coração de cada um deles. Mas dona Ione, cumprindo a promessa que havia feito a si mesma, havia conseguido ajudá-los.

• • •

Ione sentou-se à mesa do restaurante. Estava emocionada por rever o aluno e amigo de tanto tempo, que um dia se jogara em seus braços pedindo ajuda.

Maurício não tardou a chegar. Estava mais magro, usava óculos e trajava elegante terno azul-marinho. O sorriso ainda era o mesmo. Levantou-se ligeira. Maurício abraçou-a demoradamente.

- Nossa! Você está linda, ou melhor, continua linda como sempre!

Ione beijou-lhe as faces.

- Você é um galanteador. Olha que vou acreditar!

- Mas é para acreditar mesmo. Você continua linda por dentro e por fora.

Sentaram-se.

- E você, como vai? - perguntou Maurício.

- Com saudade! Louca para saber como vão as coisas, o andamento do trabalho.

- Tenho muitas novidades para contar, mas antes vamos fazer o pedido, porque eu estou morrendo de fome.

- E o que vamos comer?

Maurício brincou, com olhos brilhantes:

- Como hoje é um dia especial, o dia do nosso reencontro, vamos pedir uma comida bem especial.

- Me fala do projeto... anda...

- Olhe só! - Maurício tirou alguns papéis da pasta.

- Consegui uma ajuda da Secretaria Estadual de Saúde e isso, além de ser um pontapé inicial bastante significativo, vai gerar novas fontes de trabalho.

Ione tomou-lhe as mãos nas suas.

- Que bom, meu filho, que coisa maravilhosa. Tenho pedido muito a Deus e aos bons espíritos que protejam você e esse projeto abençoado, que tanto vai ajudar a pessoas que sofrem.

- Eu também tenho orado muito, professora. Eu preciso fazer isso por mim, por todos os Renatos e Moisés perdidos por aí e, acima de tudo, pela memória da minha mãe. Esteja onde ela estiver, está olhando por nós. Essa foi a promessa que lhe fiz.

Dona Ione sorriu, aquiescendo. Maurício era realmente um homem de palavra.

- Há uma coisa que eu quero dizer... - falou, devagar.

Maurício aguardou ansioso. E Ione continuou:

- Bem, a novidade é que estou resolvendo a minha aposentadoria e, a partir daí, estarei disponível vinte e quatro horas por dia. Isso quer dizer que...

- Isso quer dizer? - brincou Maurício estalando os dedos.

- Que vou estar sempre ao seu lado, se você aceitar o auxílio de uma velha professora de biologia para ajudá-lo no que for preciso.

Maurício quase não conseguiu conter a emoção.

- Você está brincando? Mas é claro que aceito. Meu Deus, eu jamais pensei que fosse ouvir notícia tão boa.

Dona Ione enxugou uma lágrima que vinha nascendo em seus olhos, devagarinho...

- Eu é que estou muito feliz pela oportunidade de ajudar você, seja lá no que for.

- Obrigado, querida amiga, eu sempre soube que podia contar com a senhora, digo, com você, nesse projeto.

- Vamos fazer propaganda do projeto, vamos a todos os meios de comunicação que pudermos - continuou dona Ione. - Temos que motivar a todos com os nossos propósitos. E por falar em novos propósitos, e o bebê, quando chega?

Maurício sorriu como um menino.

- Está sendo aguardado ansiosamente. Luciana e eu já aprontamos tudo. Deve chegar no princípio do mês.

- E os nomes, vocês já escolheram?

- Claro! Se for menina será Luciane, a mãe pediu que fosse assim, mas se for menino, será... Moisés.

Dona Ione bateu palmas de contentamento.

- Que lindo! Que bonita homenagem.

Maurício falou com voz pausada e com olhos úmidos:

- Uma homenagem ao tio que tanto lutou pelo bem,

apesar de ter sucumbido...

A professora pôde perceber o quanto ele estava sofrendo.

- Eu estou aqui para o que precisar, Maurício. Está tudo bem!

Maurício desculpou-se:

- Perdoe-me, é que eu ainda me emociono quando falo no Moisés.

Dona Ione sorveu seu refrigerante, demoradamente:

- Moisés está bem. Tivemos notícias dele na última reunião de psicografia. Está ativo e trabalhando muito para ajudar jovens adictos, dentro das suas possibilidades. Nesses quinze anos, Moisés tem demonstrado muito esforço e isso tem sido muito bom. Fique feliz! A justiça de Deus é infinitamente misericordiosa.

- Hoje eu é que estou feliz! - sorriu Maurício. - Foi muito bom ver você. Você que sempre me ajudou tanto...

- Bem, está de pé - disse levantando-se. - Se você quiser a ajuda de uma professora velha como eu...

-Velha? Você ainda é uma menina... Minha amiga querida!

- Mas eu preciso primeiro resolver minha vida. Promete que vai esperar?

- Claro que prometo - continuou Maurício. - Agora que vou ter você bem pertinho de mim, prometo que não vou largar mais.

•••

Dona Ione fez um carinho nos cabelos rebeldes de Maurício, que insistiam em lhe cair nos olhos, ao se despedirem:

- Obrigado pelo almoço e pelo reencontro.

- Mas ainda não acabou - atalhou Maurício. - Agora, vamos conhecer as instalações do nosso Centro de Saúde.

Ione desculpou-se, entristecida.

- Infelizmente, hoje não será possível, Maurício. Minha tia, que completou oitenta anos no mês passado, virá ficar comigo essa semana para que eu a leve fazer alguns exames de rotina. Preciso pegá-la na rodoviária às duas e meia... E por falar nisso, já estou em cima da hora!

- Se é assim, não vou prendê-la por mais tempo. Porém, fico aguardando sua resposta.

Saíram do restaurante abraçados. Maurício esperou que Ione pegasse um táxi e seguiu caminhando até o quarteirão próximo, onde ficava o Centro de Saúde em formação.

• • •

O tempo passou rápido.

Maurício estava caminhando como fazia todo dia após seu almoço.

Deixou que o sol batesse em seu rosto, em sua alma. Sentiu-se, querido, revigorado. A vida parecia que estava se infiltrando com plenitude em todo o seu ser. Maurício queria aquilo, desejava aquilo. As lágrimas afloraram em seus olhos, sem que ele pudesse contê-las. Ele precisava lutar, ser forte, trabalhar, vencer.

Atravessou a rua e olhou o prédio à sua frente. Aquele prédio era a realização de seus sonhos, de todos os seus esforços.

Leu a placa à sua frente:

CENTRO INTENSIVO DE TRATAMENTO EM DEPENDÊNCIA QUÍMICA - CITIDIQUI

Maurício entrou no prédio. Examinou a recepção. Chamou o elevador, que ainda tinha cheiro de novo.

Desceu no segundo andar. O prédio estava bonito e bem pintado. Examinou as portas, as janelas, a cozinha, onde alguns operários davam ainda alguns retoques.

Cumprimentou os homens, que trabalhavam com satisfação. Eles retribuíram o cumprimento, alegremente. Gostavam muito do doutor Maurício, que sempre os tratava com interesse e educação.

Maurício suspirou. Aquele seria o lugar onde ele iria realizar seu grande sonho e cumprir a promessa que fizera a sua mãe.

Tomou novamente o elevador e subiu até sua sala, sua futura sala. Grande emoção tomava seus passos. A mão tremeu ao girar a maçaneta, mas entrou decidido, e ali, da janela do terceiro andar, olhando o mar, descobriu o quanto era bom estar vivo, o quanto era bom crer em Deus e saber que, por mais que a dor fosse forte, sempre haveria uma esperança, por mais remota. Sempre!

Colou o rosto na vidraça. O mar estava calmo, as ondas se agitavam ao vento. Sem que se desse conta, estava chorando ao lembrar do irmão mais velho.

- Ah!, Moisés, você esteve tão perto de descobrir e realizar tudo isso... Mas eu sei que, de onde você estiver, olhará por mim e por esse trabalho que é dedicado a você! De onde estiver, tenho certeza de que olhará por mim.

De repente, começou a chover. O mar se agitou, mas, mesmo assim, nunca pareceu tão belo como naquele momento. Maurício afirmou emocionado:

- Perante esse mar tão lindo, que eu sempre amei e que me faz tão bem, eu reforço agora a minha escolha, a mesma que fiz naqueles dias quando era apenas um jovenzinho assustado e tímido, que conheceu o lado cruel de uma vida sem luz.

E entre lágrimas concluiu, com uma voz que fazia eco dentro de sua própria alma:

- Oh, Deus, Criador desse Universo infinito, me ajude a ajudar, pois minha escolha é viver, crescer em amor, andar em Teus caminhos e estar em paz!

Anexo

Aos grupos interessados na campanha de prevenção às drogas

Amados irmãos, *que Deus nos ampare, abençoando a proposta de cada trabalhador que se propôs a servir, integrado à tarefa da prevenção ao uso indevido das drogas.*

Sem a união de equipe, que proporciona firmeza ao feixe de varas, permitindo-lhe envergar até que cheguem os testemunhos salutares, nunca quebrando nenhuma das varas integrantes, não há possibilidades de sucesso de nenhum plano de ação.

Cada grupo socorrista deve apresentar-se como o feixe de varas coeso, em que a direção necessita ser segura, disciplinada, a fim de ter como objetivo primordial a implantação do Evangelho de Jesus, tarefa a ser vivenciada na casa espírita, sob os auspícios de Kardec, ou em outro agrupamento cristão ou humanitário onde o amor é a norma de conduta.

A estrutura necessita ser bem planejada, alicerçando-se nos corações de todos os tarefeiros. Para que a equipe trabalhe como uma orquestra afinada, é preciso sintonia. Sem a sintonia, que é baseada no respeito e na aceitação, muitos corações abrem brechas para o desencanto, fruto do entusiasmo exagerado que pode dar aparência de fanatismo.

Uma orquestra afinada, para fazer entoar uma sinfonia, requer habilidade do músico no conhecimento e domínio do instrumento. O conhecimento da música e a sua execução obedecem às diretrizes do maestro, para que o compasso seja obedecido e o ritmo e a harmonia se estabeleçam.

Assim é toda tarefa. A divisão de trabalho, a organização, a disciplina e a avaliação precisam ser obedecidas. Tarefeiros chegando e saindo apressadamente são como músicos que chegam sem o preparo devido, prejudicando os acordes musicais com as notas em discordância.

A espiritualidade aguarda a formação da orquestra ideal para encaminhar irmãos necessitados de apoio.

É importante, mas não primordial, o conhecimento técnico do problema das drogas. De nada adiantará a teoria se o amor permanecer em segundo plano. Mas há também o perigo de não fortalecer os dependentes químicos caso não haja um processo didático positivo, que vem da experiência em tratamento de pacientes da drogadição, sempre renovado para novos trabalhadores.

"Quando a casa estiver preparada, os doentes chegarão, serão curados e ficarão para servir" – eis um lembrete constante transmitido pela cúpula espiritual.

O campo da farmacodependência é bastante vasto, portanto sugerimos que "se especializem no amor", para curar as feridas da alma, mas também despertem a valorização do corpo físico, para descobrir as alegrias salutares da conquista do "SER" integral: alma equilibrada, consciente de um espírito eterno, a caminho da evolução e que em cada dia está renovando o destino para melhor.

Os recursos médicos, deixamos aos especialistas, mas usemos de todo recursos espirituais que, através da fluidoterapia, da conversa e sobretudo da oração, trabalham para atingir a realização total do SER, superando o TER representado pela materialidade.

Se o amor for veículo que comande o trabalho de cada um, a equipe conseguirá estar magnetizada para o direcionamento seguro a fim de que se forme o feixe de vara – todas elas unidas a serviço de Jesus.

Agradece,
Bezerra de Menezes
Mensagem psicografada em reunião de 17/04/1990,
no Centro Espírita Obreiros do Senhor (CEOS),
pela médium Miltes Apparecida Soares de Carvalho Bonna.

LEIA DA MESMA AUTORA

O pássaro falante e outras histórias

Fátima Moura

Infantil • 20x20 cm • 60pp.

Nas três histórias que compõem este livro, ilustradas com humor e emoção, os personagens enfrentam dilemas pessoais. A forma como cada um resolve suas questões certamente servirá como orientação e trará importantes lições aos nossos pequenos leitores.

A Obsessão de caleb

Fátima Moura • espírito Glauco Merradier

Romance mediúnico • 14x21 cm • 192pp.

Verônica e Manuel viviam uma vida tranquila ao lado de seus três filhos. Até que fatos inusitados começaram a surgir... Acompanhe-nos nesta envolvente história, para descobrir que o acaso não existe – tudo em nossa vida tem um propósito.

E Deus está sempre conosco.